JOHAN DE BOOSE

DAS FLUCHHOLZ

Roman

Aus dem Niederländischen
von Rainer Kersten

btb

INHALT

PROLOG

Am ersten Tag des Frühlings komme ich in der sibirischen Stadt Jekaterinburg an, im Herzen des Urals, wo fast ein Jahrhundert zuvor, im Jahr 1918, der letzte russische Zar und seine Familie erschossen wurden. Ich höre das Eis auf den Flüssen brechen wie Kristall. Zar Nikolaus war ein weltfremder Sonderling. Seine Frau war aufgrund ihrer deutschen Abstammung bei seinem xenophoben Volk alles andere als beliebt. Ihre vier Töchter waren elegante Exzentrikerinnen. Der einzige Sohn und Thronfolger war ein kränklicher Knabe, der stets Matrosenanzüge trug. Er litt an Hämophilie: Schon an einer kleinen Verletzung konnte er verbluten. Ein halbirrer Mönch namens Rasputin versuchte, den Jungen mit magischen Mitteln zu heilen. Zum Zeitpunkt der Exekution der Familie hatte man auch Rasputin längst zur Strecke gebracht. Es war die Zeit des großen Mordens.

Im Auftrag des bolschewistischen Revolutionsführers Lenin wurde die Zarenfamilie mitten in der Nacht von betrunkenen Soldaten ermordet, weil eine neue Zeit angebrochen war, die Zeit der Sowjets, in der es keinen Platz für Aristokraten mehr gab.

Über einen Waldweg fahre ich zu dem Ort, wo die Leichen der Zarenfamilie in einen alten Bergwerksschacht geworfen wurden. Den Schacht gibt es noch immer, die sterblichen Überreste jedoch – oder was von ihnen übrig blieb, nachdem man sie mit Salpetersäure übergossen hatte – wurden exhumiert und in eine Kirche nach Sankt Petersburg überführt. Russen sind verrückt auf Neubestattungen. In der Umgebung des Schachts, der Senkgrube von fast tausend Jahren europäischer Geschichte, ist ein Klosterkomplex mit hölzernen Kirchen und gepflegten Pilgerherbergen entstanden. Am Eingang des Schachts stehen sieben Bäume, für jedes Mitglied der Zarenfamilie einer.

Ich glaube schon lange nicht mehr an Götter. Vielmehr schafft der Mensch sich seinen Gott oder seine Götter selbst, nicht umgekehrt, aber hier, fast zweitausend Kilometer von Moskau entfernt, mehr als viertausend von meinem Zuhause und meinen Lieben, an der Grenze von Europa und Asien, gerät mein Skeptizismus ins Wanken. Die Luft flirrt in der frühen, aber schon brennenden Sonne. Der bereifte Boden knirscht unter meinen Sohlen. Ich betrete die hölzerne Hauptkirche. Es ist, als stiege ich in eine Gruft. Ich weiß: Hier herrscht der Tod. Niemand wird mir auf die Schulter tippen, trotzdem stockt mir der Atem.

Vater Fjodor – vom Alter her könnte er mein Sohn sein, doch russische Mönche heißen nun einmal Vater – ist ein hübscher junger Mann mit der Taille eines Tänzers und dem Gesicht eines Models. Er hat blühende Wangen. Auf seinem Kinn sprießt rötlicher Flaum.

»Christos woskrese«, sagt er, wörtlich: »Christus ist auferstanden« auf Altrussisch. Das sagen die Mönche statt »Guten Tag«. Er trägt das rabenschwarze Gewand seines Ordens und hüstelt nervös. Wie ich höre, ist er studierter Historiker.

Ich folge ihm mit zitternden Knien, während ich mir die stümperhafte Exekution der Zarenfamilie vorzustellen versuche, in der Nacht vom 16. auf den 17. Juli (nach Gregorianischem Kalender). Die Soldaten waren so betrunken, dass sie nicht richtig trafen und ihre Arbeit mit Bajonetten zu Ende bringen mussten. Im Keller, in dem dies geschehen war, watete man in Blut. Unterdessen glaubte das Volk, die Zarenfamilie sei ins Ausland geflohen, weit weg von der Revolution, vom Krieg und vom Typhus. In seinem letzten schriftlichen Zeugnis spricht Zar Nikolaus vom überwältigenden Duft der Obstgärten in der Umgebung. Ich nehme ihn auch jetzt wahr, fast ein Jahrhundert später, im Geruch der auftauenden Erde.

»Mögen Sie Ikonen?«, fragt Vater Fjodor.

Ich antworte, für mich seien sie die schönsten überhaupt denkbaren Gemälde, und ich könne sie stundenlang ansehen.

»Sie irren sich«, erwidert Vater Fjodor, »Ikonen sind keine Gemälde, keine Objekte der Kunst. Sie sind nicht die Abbildung einer Person, sie sind die Person selbst.«

Ich nicke.

»Und zweitens sieht der Mensch eine Ikone nicht an. Die Ikone sieht ihn an. Kommen Sie.«

Er führt mich zur Ikonostase, der Wand zwischen

Kirchenschiff und Altarraum, die für den gläubigen Russen das Tor zwischen Himmel und Erde darstellt, die Tür zur anderen Welt.

Vater Fjodor berührt mich an der Schulter. »*Ich habe etwas für Sie, etwas sehr Interessantes*«, *sagt er. Er führt mich zu einer Nische neben dem Haupteingang. Auf einem Lesepult steht eine Ikone, die ich zuerst nur mit Mühe erkenne.*

»*Das hier*«, *sagt Vater Fjodor,* »*wird Sie zweifellos interessieren.*«

Meine Augen müssen sich erst an das Dunkel gewöhnen. Zu guter Letzt erkenne ich die Darstellung: eine herrliche junge Frau, zweifellos Maria, die Mutter Jesu, in jeder Hinsicht vollkommen, greifbar, sinnlich. Ich betrachte sie genauer. Der erste Eindruck stimmt: Marias Augen sind geschlossen.

»*Warum schließt Maria die Augen?*« *Schon während ich die Frage stelle, bin ich mir nicht mehr so sicher. Hält sie die Augen geschlossen, oder senkt sie einfach den Blick?*

Er grinst, als glaube er seine Antwort selbst nicht: »*Nur der wahrhaft Gläubige sieht, wie ihre Augen sich öffnen.*«

Ich zeige mit dem Kopf auf die Frau, dann auf den Mönch. »*Haben Sie je ...?*«

Vater Fjodor legt sein Gesicht in Falten. »*Nein*«, *antwortet er.* »*Aber vielleicht in hundert Jahren, vielleicht in tausend, eines Tages ...*«

Minutenlang starren wir auf die Ikone, bis meine *Lider anfangen zu zucken.* Will *sie mich nicht anse-*

hen? Oder wagt sie es nicht? Ist sie in sich gekehrt, oder hält Schamgefühl sie davon ab? In dem Fall gibt es noch Hoffnung. Für einen Moment berühre ich die Ikone. Meine Fingerspitzen glühen.

Wir verlassen die Kirche. Ich rieche die Obstgärten. Den Wald. Die Herbstblätter, die nach sieben Wintermonaten auftauen. Das unbändige Grün. Den ersten Fisch draußen im See. Das mythische Sibirien.

Mit einem Händedruck bedanke ich mich bei Fjodor. »Rendezvous in hundert Jahren«, sagt er, »oder in tausend.«

Er könnte Tänzer sein, von allen bejubelt, vergöttert, doch er kehrt in sein Studierzimmer zurück, seine Mönchszelle, wo er Ikonen malt und zur Entspannung auf seinem Smartphone Rockmusik hört. Ich habe vergessen, ein Foto von der Ikone zu machen, fällt mir hinterher ein.

Ich betrachte meine Hände und kehre in meine Kammer in einem Bauernhaus zurück.

Auch habe ich vergessen, meinen hippen Mönch zu fragen, wie eine Ikone einen Menschen ansehen kann, wenn die Augen der abgebildeten Person, die eigentlich keine Abbildung ist, sondern die Person selbst, geschlossen sind. Oder fast geschlossen.

Irgendwann einmal werde ich zurückkehren und ihn fragen.

In der Nacht bricht ein gewaltiges Unwetter los. Durch einschlagende Blitze entstehen zahllose Brände. Ein morgendlicher Regenschauer löscht alle Feuer.

KAPITEL EINS

von einer geschändeten Mutter,
dem Haus des Brotes,
der Schädelstätte
und einem kleinen Holzklotz

SOLANGE die Vergewaltigung dauert, betrachte ich unentwegt ihre Augen. Sie haben sie den Berg hinaufgejagt, den Berg, auf dem ich schon mein Leben lang stehe, im Herzen der Wüste. Sie ziehen ihre Uniformtuniken hoch und stürzen sich auf sie, einer nach dem anderen. Ihre Helme verrutschen dabei.

Sie heißt Maryam, erfahre ich später. Ihr Mund steht weit offen, aber ich höre ihr Schreien nicht, denn meine ganze Aufmerksamkeit gilt ihrem Blick, ist von ihm gefesselt, ihren brechenden Pupillen, all der Jugend und Unschuld, die da mit einem Mal pulverisiert werden. In den Rissen ihrer zerborstenen Schönheit quellen Tränen empor, als bräche das Eis eines zugefrorenen Tümpels, und das darunter verborgene Wasser stiege nach oben.

Sie kommen mit spastischen Zuckungen. Wackere Krieger auf Urlaub, Kinder im Körper eines Mannes. Sie pissen den Namen, den ihre Mutter ihnen gegeben hat, in den Sand. Sie pissen auf mich, denn dazu sind Bäume ja da, und sie pissen auf Maryam. Sie spucken sie an und kehren in ihr Feldlager zurück, zu ihren Pritschen und erbärmlichen Kriegen.

Seit jenem Tag hat Maryam den Blick einer alten Frau. Haare können in einer Nacht grau werden. Von einem Moment auf den anderen kann der Spiegel der Seele ein Menschenleben überspringen. Sie ist kaum dreizehn. Junge Mutter und schon altes Weib.

Immer wieder kehrt sie unter meine Krone zurück. Zurück an den Ort, wohin die Soldaten sie an den Haaren geschleift haben, sie, die »kleine jüdische Ratte«, wie sie sie nannten. Hier auf dem Berg, zwischen Himmel und Erde, kann sie ungestört trauern. Und ich tue das Einzige, was ich kann: Ich spende ihr Schatten.

Die Wüste ist meine Mutter. Seit Jahren stehe ich, tief verwurzelt in ihrem Bauch, unabänderlich im versengenden Wind, dazu bestimmt, auf immer hier stehen zu bleiben, denn das ist meine Natur. Ich lebe vom Regen, der einige gnädige Male pro Jahr fällt, und von den Mineralien, die tief im Sand schlummern. Ich bin zum Schweigen verurteilt, auch das ist meine Natur, aber ich rede unausgesetzt mit mir selbst, obwohl ich weiß, dass niemand mich hört. Auch zu Maryam spreche ich pausenlos in der herzzerreißenden Stille.

Nach dem Vorfall zu meinen Füßen bin auch ich verändert. Oft fühle ich mich gefangen, in meiner Rinde, im Boden. Weil ich meinen Platz nicht verlassen kann, recke ich die Äste zum Himmel, als Olivenbaum bin ich nicht groß, aber ich strecke mich aus, ganz weit, bis es in all meinen Zweigen wehtut, in der Hoffnung, Maryam so ein wenig zu trösten. Ich habe das sogar Menschen schon tun sehen: Sie recken sich in die Höhe, imaginäre Flügel ausbreitend. Seltsam, denn sie können sich doch von der Stelle bewegen. Für welchen Schmerz suchen sie Tröstung? Für ihr kurzes Leben, ihre Unfähigkeit, etwas daraus zu machen, und wenn sie etwas daraus gemacht haben, für ihre Angst vor dem Tod.

Ich weiß noch nicht, dass Maryams Schwangerschaft nicht nur für mich, sondern für den Lauf der gesamten Welt eine Veränderung bedeuten wird.

Sie kann mit niemandem über das Geschehene sprechen, nicht mit ihren Eltern, der alten Hanna und dem greisen Jojakim, die lange kinderlos blieben und ihre einzige Tochter vergöttern, genauso wenig mit ihrem Verlobten Josef, der offenbar (ich habe ihn nie gesehen, aber ich weiß es von ihr) mit einem Bein schon im Grab steht.

Wenn Maryam bei mir ist, liegt sie auf dem Rücken, die Augen geschlossen. Ihre Haut ist rein wie die eines Kindes und glänzt wie nasse, rote Erde. Ihre Nase ist wie eine Schanze, eine steile, jubelnde Linie. Ihre Augenbrauen bilden einen einzigen, ununterbrochenen Bogen. Ihre Lippen beben häufig, unentwegt scheint sie zu lächeln, auch wenn sie trauert, und sie trauert immer.

Einmal, als ihr Bauch sich schon wölbt, sagt sie, dass sie es nicht will.

Was will sie nicht?

Sie schmollt: »Aber mein Herr hat es so befohlen.«

»Wo ist denn dein Herr?«, frage ich. »Was hat er befohlen? Immer wollt ihr Menschen unbedingt einen Herrn haben. Ihr denkt ihn euch aus. Ihr nennt euer Schicksal euren Herrn.«

Sie richtet sich auf und schaut sich um mit ihren alten Augen, als habe jemand soeben ihre sündigsten Gedanken ausgesprochen, Gedanken, für die sie am Abend die Engel auf Knien um Vergebung wird bitten müssen, die Engel, die ihre Träume bevölkern und ihr obskure Aufgaben einflüstern.

»Man darf seinen Herrn nicht verleugnen«, sagt sie. »Ihn leugnen ist genauso schlimm wie ihn töten. Und wer ihn tötet, tötet sich selbst.« Sie denkt lange nach. »Er ist der Ast, auf dem du sitzt. Sägst du ihn ab, fällst du.«

Sie hat ein helles Köpfchen, diese unselige, geschändete Kind-Mutter. Jetzt ist sie wütend. Schlägt mit den Fäusten um sich, als kämpfte sie mit einem Engel.

Hat sie schon vergessen, was geschehen ist? Sie stinkt nach dem niederträchtigsten Verbrechen, begangen im Auftrag ihres Herrn, noch dazu, »um die Menschheit zu retten«! Sie will es nicht, aber sie fügt sich.

»Ich habe einen schrecklichen Auftrag bekommen«, sagt sie, während sie sich den Bauch drückt, »einen Auftrag, der niemals mehr endet«, sie boxt auf den hervorquellenden Nabel, »nicht mal mit meinem Tod.«

Sie stolpert ihrem Schicksal entgegen.

Wenn ihre Fruchtblase platzt, was bald der Fall ist, wird sie sich »Auserkorene« nennen und sagen, sie sei »stolz«.

———

Die Jahre vergehen.

Ich verdränge die Langeweile und versuche zu vergessen, dass ich lebe. Am Fuß meines Berges sehe ich Könige aus fernen Ländern vorüberziehen, beladen mit stilvollen Geschenken für andere Könige. Sie regieren die Welt. Später ziehen Hirten vorbei, Händler, Propheten, Flüchtlinge, vor allem Glücksritter, einer ungewissen Zukunft entgegen.

Dann sehe ich lange Zeit niemanden mehr.

»Der Sand der Zeit ist beinah verronnen«, höre ich einen Hirten sagen. »Die Welt ist geschaffen, schnell unterzugehen, damit man abrechnen kann und das künftige Leben kommt.« Er flüstert es seinen Schafen zu, die den Kopf schief halten, voll Verständnis für das Geschehen der Welt.

Das Kind aus Maryams verwüstetem Schoß ist ein hübscher junger Mann geworden. Er hat ihre Schönheit geerbt, ihr Lächeln, ihr rabenschwarzes Haar, ihre ununterbrochenen Brauen, doch sein Blick ist anders, in ihm blitzt der Samen des Vergewaltigers.

Er macht es sich zu meinen Füßen bequem, wie seine Mutter mit ihrem durchbohrten Leib das einst tat, dem Bauch, in dem er schon herumschwamm.

Er reißt sich das Hemd vom Leib. Ich sehe seine perlenübersäte Haut. Seine Männlichkeit liegt in seinen Lenden wie eine junge, sandbestäubte Eidechse. Ich habe in meinem Schatten schon andere Dinge gesehen, Soldaten mit Schwänzen wie Kobras. Auch die, die ihn zeugte.

Der Junge sagt, er wisse es nicht. Dass er nicht will.

Alles geht wieder von vorn los. Der Bengel träumt von denselben Engeln wie seine Mutter.

»Was willst du nicht, hübscher, nackter Junge?«

Er führt Selbstgespräche, wie alle gequälten Seelen.

»Ich habe eine seltsame Mission«, sagt er ein paarmal hintereinander, wie um sich zu überzeugen, »eine Mission, die ich nicht ablehnen darf, aber wenn ich meinem Herzen folge«, hier bricht er fast in Tränen aus, »würde ich viel lieber Zimmermann werden – oder Schauspieler.«

Wer hat ihm diese seltsame Mission auferlegt? Die Engel seiner Mutter. Er riecht noch nach ihrer Brust. Er spielt noch mit Holzfiguren. Beobachtet verstohlen die Mädchen im Fluss, doch gleichzeitig ist er ein Verdammter, ein Sklave der Angst. Er zeichnet einen Baum in die Luft und klammert sich daran fest.

»Jedes Zeitalter bringt Menschen hervor«, sagt er mit hoher, sanfter Stimme, »die fähig sind, die Welt zu verändern.«

Ich mache mich darauf gefasst, dass jetzt *er* von seinem Herrn anfängt oder von flehentlichen Bitten am Fußende seines Betts oder von Urmutter Maryam.

»Aber ich will Bildhauer werden ... oder Weinhändler.«

Ich sage: »Menschen brauchen einen Herrn, vor dem sie Angst haben können. Sie müssen jemanden fürchten.«

»Nein«, erwidert er mit einer Geste, als verjage er eine Wespe, »ich darf es nicht ablehnen. Sie wollen, dass *ich* ihr Herr werde, ihr König.«

Ach, unglückseliger Junge! Kaum dem Mutterschoß entkommen, setzt er sich schon auf einen Thron. Er weint sich in den Schlaf. Bleibt stundenlang auf der Seite liegen.

Ich bedecke ihn mit meinem Schatten, wie ich es einst bei seiner Mutter getan habe. Er riecht nach Sauerteig, er ist in der Stadt Bet Lehem geboren, dem »Haus des Brotes«.

Wenn ich später an ihn denke, und das tue ich oft, werde ich jedes Mal Brot riechen.

Sein Name, Jeschua, bedeutet Erlösung.

Der Berg, auf dem ich stehe, ist nicht wirklich hoch, trotzdem dauert es einige Stunden, bis man bei mir ist, wegen des wegrutschenden Sands und der Unmengen steinharten Gestrüpps. Auf meinem Berg habe ich einen erhabenen Standpunkt über der Welt. Ich kann alles sehen. So *denke* ich jedenfalls, obwohl ich weiß, dass die Welt am Horizont nicht aufhört. In Wirklichkeit – entnehme ich Gesprächen von Reisenden – beginnt die Welt dort erst richtig.

Jeschua kommt oft zu mir. Es tut ihm gut, wenn er den Menschen, die allerlei Tricks von ihm erwarten, Tricks, die sie Wunder nennen, hin und wieder entwischen kann.

Eines Tags gegen Abend bringt er drei Freunde mit. Der erste heißt Jochanan, ein junger Mann mit spitzem Gesicht und Kraushaar, durch das Jeschua gern mit den Fingern fährt. Der zweite heißt Kefa, ein Mann mit Ringbart und abschätzigem Blick. Der dritte, Ja'akov, ist ein runzliger Fischer mit abgebrochenen Zähnen und durchdringenden Augen.

Jochanan, Kefa und Ja'akov suchen sofort meinen Schatten, doch Jeschua, an dem Tag besonders mürrisch, stellt sich nackt in die brennende Sonne.

Die Freunde rufen, er sei nicht ganz bei Trost, die Sonne sei tödlich, aber er rührt sich nicht von der Stelle.

Sie wagen es nicht, ihn mit Gewalt zu sich zu holen, weil er sie vor einer großen Macht gewarnt hat, die in ihm wohne.

Ich belausche sie. Sie sagen, so gehe es nicht weiter, um nichts in der Welt wollten sie seine Freundschaft missen, seine politischen Ideen – exakt diese Worte – teilten sie ja, obwohl sie sie immer gefährlicher fänden, aber … Was sagen sie jetzt? Ich spitze die Ohren, denn sie flüstern, und höre:»… wir müssen uns ernsthaft fragen … ist er wirklich der große Zampano, für den er sich ausgibt … oder … oder ist er ein Schwindler …«
So Ja'akov, der vierschrötige Fischer. Er zittert nervös.

»Schäm dich, so was zu sagen«, erwidert der verzweifelte Lockenkopf Jochanan, der meiner Meinung nach in Jeschua verliebt ist.»Er ist unser Meister, wir müssen ihm seine Launen vergeben, hinter allem steckt ein geheimer Sinn …«

»Letztens«, sagt Kefa,»fragte er mich, was ich über das Leben nach dem Tod denke … Ich hatte nicht gleich eine Antwort parat … Und er … er lachte …«

»Ich habe ihn noch nie lachen hören«, sagt Jochanan.

In dem Moment stößt Jeschua einen hohen Schrei aus.

»Ich weiß es nicht«, ruft er, als antworte er jemandem,

aber nicht seinen Freunden. »Ich weiß es nicht... Ich weiß es nicht...«

Er steht schon so lange in der Sonne, dass seine Haut rot ist wie der Sand. Sein Körper reflektiert das Licht und fängt an zu leuchten, als wäre er selbst eine Sonne. Der Mann, der »Ich weiß es nicht« ruft, macht jeden, der ihn ansieht, stockblind.

Kurz darauf steht dort kein nackter Mann im blendenden Licht mehr. Sein Bild dehnt sich, wird auseinandergezogen und aufgespalten, so dass er erst breiter und heller zu werden scheint und dann in drei Teile zerfällt. Als stünden dort nicht *ein* Jeschua, sondern gleich drei, die einander spiegeln.

Ich versuche zu hören, was die drei Jeschuas untereinander sagen. Einige Male schnappe ich das Wort »Tod« auf, aber ansonsten wird das Gespräch von den Stimmen der Freunde übertönt.

Jochanan, der verliebte Jünger, sagt: »Jeschua, was machst du, um Himmels willen? Bald hast du einen Sonnenbrand! Hast du dir wenigstens Öl auf die Schultern geschmiert?«

Ja'akov sagt: »Ist das wieder einer deiner Tricks, oder gaukelt mir die Natur etwas vor? Stehen da drei Männer, oder bist du das allein, und ich bin besoffen vom Licht?«

Kefa sagt: »Jeschua, bald wird es dunkel, und wir müssen den ganzen Weg bis nach Hause. Bauen wir uns schnell noch ein Zelt, dann können wir, du und deine Geister schon mal ein wenig ausruhen, denn morgen will ich früh raus und fischen. Oder bauen wir besser gleich drei Zelte.«

Ich habe schon mehr Fata Morganas erlebt, aber diese ist wirklich ein physikalisches Wunder.

Jeschua klappt zusammen. Seine Spiegelbilder, Geister, Zwillingsbrüder oder wie man sie nennen möchte, sind verschwunden. Ich spüre, dass sich eine Wolke vor die Sonne schiebt, Vorbotin eines kurzen, aber heftigen Gewitters. Jeschua kehrt zu seinen Freunden zurück. Er fiebert. Jochanan nimmt ihn in die Arme und küsst ihn. Ja'akov gibt ihm Wasser aus einem Krug. Kefa sagt: »Vergib uns, dass wir gelegentlich an dir zweifeln, aber eins steht auch fest: Du läufst nicht ganz rund.«

Jeschua sagt: »Ich habe in die Vergangenheit geblickt, um die Zukunft zu sehen.«

Kefa flüstert: »Du bist total meschugge, Meister.«

Jochanan fragt: »Hast du da allein gestanden, oder waren wirklich noch zwei andere Männer bei dir? Wer war das? Hättest du sie uns nicht vorstellen können? Und wo sind sie jetzt?«

»Ich könnte ein ruhiges Leben führen«, antwortet Jeschua, »ohne Risiko und zweifelhafte Ideale, zufrieden mit mir, ohne mich um andere zu kümmern, von ihnen abgewandt und doch glücklich.«

»Dann lass uns nach Hause gehen«, sagt Ja'akov. »Gleich geht die Sonne unter, und wir müssen noch ein ganzes Stück laufen.«

»Wir gehen nicht nach Hause zurück«, sagt Jeschua.

»Wir müssen, hast du den Verstand verloren?«, erwidert Kefa. Er wendet sich an die anderen: »Ich hab's doch gesagt, er ist völlig meschugge!«

»Wir gehen nicht zurück«, sagt Jeschua, während er

sich den Fieberschweiß von der Stirn wischt, »wir gehen weiter, zu der Stadt dort am Horizont.«

»Du bist nicht bei Trost«, sagt jetzt auch Jochanan, »du weißt, du bist vogelfrei, sie jagen dich wie einen Verbrecher. Du hast allen gesagt, du willst den Tempel einreißen und in drei Tagen wiederaufbauen. Du hast Terror das Wort geredet. In der Stadt, wo du hinwillst, werden sie dich zum Tode verurteilen.«

»Liebst du mich?«, fällt ihm Jeschua ins Wort.

»Mehr als irgendwen sonst auf der Welt«, antwortet Jochanan und drückt ihm einen Kuss auf die Hand.

Jeschua betrachtet den Baum, der ihm Schatten spendet. Er schaut *mich* an! Mit einem Lächeln. Ich sehe das Gesicht seiner Mutter.

»Wer mich wirklich liebt«, sagt er, »folgt mir.«

Er geht davon – seinem und meinem Schicksal entgegen.

Seine Freunde folgen ihm fluchend.

Die Geschichte macht eine Kehrtwende.

Die Soldaten kommen auf mich zu. Ob ich es will oder nicht.

Sie! Kommen! Auf! Mich! Zu!

Ich kenne sie nur allzu gut, diese Helden-Vergewaltiger. Rotzbengel. Sie kommen aus der Stadt, wo Jeschua unbedingt hinwollte, Jeruschalajim, der sogenannten Stadt des Friedens. Warum Jeschua sich die Stadt in den Kopf gesetzt hatte, weiß niemand. Er lief seinem Schicksal entgegen, wie in alten Büchern geschrieben und weil sein Herr das so wollte (so sagte er selbst).

Die Rotzbengel und ihre Anführer, die, wie ich hörte, im fernen Rom auf dem Thron sitzen, reißen sich alles unter den Nagel: die Wüste, die tausend Jahre alten Olivenbäume auf den Hügeln, mich inbegriffen, auch wenn ich etwas jünger bin, die Dörfer, die Schweine, die Neugeborenen, das zerbrechliche Glück der Menschen – und die Jungfrauen, vor allem die Jungfrauen.

Sie heben ihre Beile und hacken drauflos, bis mein Unterleib bricht und ich weinend umfalle. Mein heimlicher Wunsch wird erfüllt. Endlich bin ich aus dem Gefängnis der Erde befreit – doch um welchen Preis? Ich verliere alles: meine Ruhe, meine Wurzeln, Maryam, mein langweiliges, aber sorgloses Leben. Sie zerren mich auf einen Karren. Bringen mich an einen Ort, der nach totem Fisch riecht. Dort lassen sie mich liegen. Am Horizont sehe ich Berge. Auch meinen eigenen. Und das da, ist das die Stadt, die größte Stadt der Erde? Oder der Anfang einer neuen Welt?

Ich, der so gern sein Schicksal hinter sich lassen wollte, sehne mich plötzlich danach, mit meinen verstümmelten Füßen im Sand festzustecken, ausgeliefert dem Geist der Wüste. Ich, der unbedingt wegwollte, will jetzt nur noch bleiben. Ich, der nicht nur an *einem* Ort leben wollte, werde mich ewig an diesen Ort zurücksehnen. Was stimmt nicht mit mir?

Um mich herum liegen weiße Steine. Ich sterbe nicht. Noch nicht. Meine Metamorphose ist vollendet, vom Olivenbaum zum geschlagenen Holz. Ist der nächste Schritt das Verdorren, Verrotten, das, was die Menschen den Tod nennen? Sie benutzen das Wort ziemlich oft.

Hunde beschnüffeln mich und heben an mir ihr Beinchen. Ihr Urin spendet meinem fiebernden Körper Kühlung. Dies ist, ich bin mir sicher, meine letzte Nacht. Früh am Morgen – ich muss träumen, ganz bestimmt – werde ich auf eine gewünschte Größe gehackt. Wieder Axtschläge, dann Hobeln und Feilen auf meiner blanken Haut, würgender Schmerz. Die zwei Balken, aus denen ich jetzt bestehe, werden kreuzweise zusammengefügt. Es dauert lange, bis ich mich umzuschauen traue. Ich bin nicht allein. Im Laufe der Nacht kommen zahllose Artgenossen hinzu, alles umgehackte Bäume, in Stücke gesägte, schöne Körper. Wir wagen es nicht, einander anzusehen. Ich habe Angst, dass sie uns zu Stapeln aufschichten und anzünden.

Das um uns herum sind keine weißen Steine, es sind Schädel.

Am nächsten Tag bringen sie mich, nur mich, auf einen staubigen Platz, wo eine sensations- und wundergierige Menge schon ungeduldig wartet. Ich werde in die Mitte des Platzes gelegt. Die Augen der Menge sind sehnsüchtig auf das Tor eines grauen Gebäudes gerichtet. Soldaten halten mit ihren Speeren wütende Männer auf Abstand. Eine Frau, die sich schluchzend auf die Knie wirft, wird geschlagen. Eine Gruppe Jugendlicher stimmt ein Klagelied an. Sehe ich Maryam? Ist sie das? Maryam, bist du da? Ein altes Mädchen, noch älter geworden, ein altes Weib, vor Schmerzen gekrümmt, die Hände vor den hängenden Brüsten, kaum noch in der Lage, auf eigenen Beinen zu stehen.

Ich flehe zum Gott der Olivenbäume – ein Herr, den ich spontan und wider besseres Wissen phantasiere –, mich von hier wegzuholen, notfalls durch Feuer, mit einem Blitz zum Beispiel, denn meine Intuition sagt mir, dass johlende Mengen nichts Gutes bedeuten. Je mehr ich meinen Gott anflehe, desto tiefer hüllt der sich in Schweigen. Eine Spezialität aller Götter.

Als das Tor sich öffnet, wird das Gejohle ohrenbetäubend. Der Mann, der so oft in meinem Schatten gelegen hat, ratlos und grübelnd, Jeschua, der Unglückliche, kommt herausgestolpert. Bis auf ein schmutziges Lendentuch ist er nackt. Er blutet. Drei Soldaten treiben ihn in die Mitte des Platzes. Ich rufe ihm zu, ich flüstere, ich singe seinen Namen, und er kommt näher. Kniet sich vor mich hin und lädt mich auf seine Schulter. Als er mich berührt, geht ein Schauder durch meinen Leib, ein Gefühl, wie ich es noch niemals gespürt habe. Was geweissagt war, ist erfüllt. Was sein Herr wollte, geschehen. Ich rieche Brot und Blut. Die alte Maryam fällt in Ohnmacht. Eine andere Frau, mit offenem Haar und vollem, stämmigem Körper, hilft ihr beim Aufstehen.

Die Soldaten stoßen Jeschua auf die steinige Straße. Kaum will die Menge zurückweichen. Einige Leute schlagen ihm auf die Wunden, andere streicheln ihm über die Wange.

Es ist ein langer Weg. Ab und zu taucht das Gesicht Maryams auf, aber das ist unmöglich, ich sehe ihren Schatten überall, wohin ich auch blicke. Ich sehe die Soldaten, die Jeschua begleiten, alberne Helden, ihr Vater war vielleicht der Erzeuger ihres Gefangenen. Was würden sie tun, wenn das wahr wäre, wenn sie es wüssten? Wie viele Kinder haben sie inzwischen gezeugt auf ihren Raubzügen durch die Dörfer, zwischen zwei Kriegsspielen, wenn sie sich langweilen und die Lust sie verzehrt? Jeschua stürzt. Ich weiß, dass ich schwer auf ihm laste. Er bleibt einen Moment liegen und rappelt sich wieder hoch.

Ich spüre eine bekannte Hand. Das ist sie, Maryam, sie ist es wirklich, ich sehe sie ganz aus der Nähe. Tiefe Furchen durchziehen ihr Gesicht. Ihre Augen funkeln, aber es sind nicht die Augen der Jugend. Sie will mich packen, ihm mein Gewicht abnehmen. Ob sie mich erkennt? Mit zitternden Fingerspitzen streichelt sie mich. Ich schaudere. Maryam, weißt du noch, wie du in meinem Schatten...? Sie schließt die Augen. Mütter wissen alles, auch wenn ihre Augen geschlossen sind. Ich sehe, wie Jeschuas Blut ihr über die Hand rinnt. Sein Blut dringt in ihren Schoß.

Einer der Rotzbengel schiebt sie mit dem Schwert zurück.

Habe ich Jeschua gerade »Geh weg, Mutter« sagen hören? Ich höre ihn keuchen. »Tu's nicht, Mutter. Geh.« Er sagt es wirklich.

Derselbe Soldat, der Maryam zurückstieß, zwingt einen dunkelhäutigen Mann aus der Menge, das Kreuz für Jeschua zu tragen. Der Mann will sich davonmachen, aber die Menge ist wie eine Mauer. Er holt tief Luft und nimmt mich auf seine Schulter. Wie schnell es plötzlich vorangeht! Mit verblüffender Leichtigkeit trägt mich der Mann, fast scheint er zu hüpfen. Ein Legionär sagt:

»Mit ihm geht es viel schneller. Vielleicht sollten wir ihn kreuzigen und nicht diese Lusche!«

Jeden Moment kann Jeschua zusammenbrechen. Sie haben ihm auf die Knie und die Füße geschlagen. Seine Zehennägel hängen lose. Seine Haut ist verbrannt. Lachend stoßen die Soldaten den dunkelhäutigen Mann zurück in die Menge. Wieder keucht Jeschua unter mir. Eine junge Frau nähert sich ihm. Sie schaut ihm in die Augen und wischt ihm das Gesicht ab. Er stürzt zum zweiten Mal und kann kaum noch aufstehen. Als er einige weinende Frauen in der Nähe stehen sieht, streckt er die Hand nach ihnen aus und schüttelt den Kopf. Er flüstert:»Nicht trauern, nicht weinen.« Dann nimmt er sich zusammen, lädt mich auf seine Schulter und geht den Hügel hinauf.

Der Hügel liegt direkt vor der Stadt und heißt Golgatha, die Schädelstätte.

Ich laste auf Jeschuas Rücken. Bleischwer. Ich drücke ihn buchstäblich zu Boden. Dringe in seine Haut und breche ihm das Schlüsselbein. Zermalme ihm den Nacken, bereite ihm unsägliche Schmerzen, immer mehr, je weiter er den Hügel hinaufsteigt.

»Jeschua«, sage ich,»Jeschua, warum tust du das? Du wusstest, dass sie dich foltern würden. Du hättest nein sagen können. Welcher Dämon hat dir im Traum eingeflüstert, dein Vater wolle dir dies antun? Glaubst du wirklich, du kannst damit die Menschheit retten, wie dieser Engel behauptet hat?«

Mit letzter Kraft wirft er mich zu Boden, als wäre er wütend. Sein Kopf glüht, die Augenbrauen sind versengt, die Augen quellen hervor. Auch die Zähne haben sie ihm ausgeschlagen, sehe ich jetzt.

Ich höre Trommeln, Pfeifen, Kettengerassel. Von der anderen Seite des Hügels kommen weitere Gefangene. Genauso schlimm zugerichtet.

Mit langen Nägeln hämmern sie Jeschua an mir fest. Die Nägel durchbohren seine Handgelenke, dringen tief in meinen Leib. Ich werde aufgerichtet und in der Erde befestigt. Das Geschrei und die Musik tönen unablässig.

»Jeschua«, sage ich, »Jeschua, Jeschua.«

Man kann sie kaum Männer nennen, die da ans Kreuz geschlagen werden, schmächtige Bürschchen, halbtot gepeitscht, Kinder mit Bart, zahnlose Jämmerlinge, die sich in ihrem kurzen Leben am Geschwätz von einer besseren Welt berauscht haben, Missionare irgendeines »Herrn«, Bußprediger, die der lokalen Obrigkeit auf die Nerven gingen. Je eher sie ausgeschaltet werden, desto besser. Sie sehen aus, als wollten sie immer noch am liebsten ihrer Mutter den Kopf in den Schoß legen. Wie nasse Lappen hängen sie an ihren Kreuzen.

Jeschua, Jeschua. Er ruft nach seinem Herrn. Fragt ihn, warum er schweigt. Ob es ihn überhaupt gibt. Warum er jetzt nicht hier ist.

Jeschua, hast du jetzt, was du wolltest? Hättest du nicht auf mich hören können? Du wärst besser Schauspieler geworden, oder Zimmermann. Aber nein, du musstest ja unbedingt auf deine Engel hören und selbst Herr spielen wollen. Das hast du nun davon, siehst du? Er stöhnt. Stöhnt, ich solle den Mund halten.

Seine Stimme, lieber Himmel, wie die eines Jungen.

Fischer kommen und beweinen ihren Herrn, und Frauen, viele Frauen, mit abgehärmten Gesichtern, die darum flehen, ebenfalls sterben zu dürfen. Der Kreis ist geschlossen. Er stirbt in meinen Armen. Der Baum, unter dem er gewaltsam gezeugt wurde, ist zugleich der, an dem er durch Gewalt stirbt. Niemand sonst hat solch eine enge Beziehung zu ihm. Jeschua. Jeschua. Was für ein unnützes, sinnloses Leben, auch wenn sich damit eine Prophezeiung erfüllt. Was für ein Schmerz, bewusst provozierter Verlust. Ich liebe ihn. Drücke ihn an mich, damit sein Sterben leichter sein möge. In Schönheit sterben ist eine Lüge.

———

Ich bleibe allein zurück, die schwarzen Male des Todes auf meiner Haut, mit Löchern von Nägeln, in die Aasfliegen kriechen. Ich schaue mich um. Alle Gekreuzigten auf dem Schädelberg sind jetzt tot. Jeschuas lebloser Kopf riecht noch immer nach Brot. Die Kreuze bleiben schön und traurig stehen. Wir schauen einander nicht an. Wir haben alle ein Opfer gebracht. Die Nacht sinkt herab, und der Tag kommt, die Leichen werden begraben, alles ist endgültig anders und doch genauso wie immer.

Wir Kreuze teilen das Los unserer Verurteilten. Manche werden in Stücke gehauen und als Brennholz abtransportiert. Andere vom Blitz getroffen, in Asche verwandelt, die über den Hügel davonweht.

Was mich angeht, ich hätte es schlimmer treffen können.

Wer einen Baum umhackt und zersägt und dann die Stücke in noch kleinere Teile zerhackt, bekommt zuletzt ein Stück Holz, das man nicht mehr Baum nennen kann oder auch nur Teil eines Baums, oder ein Stück Rinde oder ein Brett, er bekommt einfach ein kleines Stück Holz, einen Splitter, nur eben einen dicken, man könnte eine Obstschale für drei Äpfel und zwei Zitronen daraus machen. Hier und da klebt etwas geronnenes Blut.

Dies ist meine neue Metamorphose. Die zweite.

Ich bin ein kleiner Klotz. Ein kleiner Klotz mit einem gequälten Gedächtnis. Ein Kleineklötzesucher nimmt mich mit. Als kleiner Holzklotz lebe ich weiter.

KAPITEL ZWEI

von Speeren homerischer Helden,
einem unsichtbaren Markthändler,
einem eitlen Leichentuch,
dem Tempelschlaf,
dem Konstrukteur des Todes und
dem Spiegel des Gewissens

ZU meinem Glück ist Gaius – so heißt der Kleineklötzesucher – ein begeisterter Reisender. Ein kräftiger Römer, dem nichts Menschliches fremd ist, der sich
von den Launen des Schicksals mitreißen lässt (höre ich
ihn eines Tages sagen) oder noch lieber vom Sturm der
Geschichte. Sobald er mich auf der Schädelstätte aufge-
hoben, beschnuppert und in seinen Knappsack gesteckt
hat, spüre ich, dass etwas geschehen wird. Ein willkom-
mener Trost für den Verlust meiner Heimat und des
selbsternannten Gottessohns Jeschua.

Ich wage sogar zu sagen: Wäre ich in der verdammten
Wüste geblieben, wäre ich vor Langeweile noch krumm
und schief gewachsen. Die Bekanntschaft mit Maryam
und ihrem Sohn fand zwar ein tragisches Ende, markiert
aber zugleich den Abschluss meines eintönigen Daseins.
Ich bin wie neugeboren, jetzt kann das wahre Leben beginnen. Na los, komm schon, ich bin bereit!

Übrigens wird Jeschua mich noch eine Weile verfolgen,
denn Gaius war ein Bekannter von ihm, einen Freund
kann man ihn nicht nennen, eher eine Art Spießgesel-

len. Die zwei Herren besuchten nämlich regelmäßig dasselbe Bordell, jawohl, und liebten dort dieselbe Frau, Maria Ana, eine gestandene Matrone, die wusste, wie man melancholische Seelen erquickt, und Jeschua sogar in seiner letzten Lebensphase begleitete, weil sie ihn verehrte. Sie war die Frau, die Maryam aufhalf, als sie bei Jeschuas Kreuzweg in Ohnmacht fiel.

Alles, was ich hier von Gaius berichte, habe ich von ihm selbst in der Schenke gehört. Ich nehme seine Erzählungen, wie die Römer sagen, cum grano salis, mit einem Körnchen Salz, einer gehörigen Prise, auch wenn die sagenhafte Virilität meines Meisters auf dem Gebiet der käuflichen Liebe mir als nicht übertrieben vorkommt. Um ehrlich zu sein, kann ich sie selber bezeugen, doch davon später mehr. Was den armen Tropf Jeschua angeht, diesen Jungen, der lieber Schauspieler oder Zimmermann werden wollte (zu keinem von beiden hatte er allerdings wirklich Talent), fällt es mir schwer, ihn mir als feurigen Liebhaber vorzustellen. Ein Liebhaber ist ein brünstiges Mannsbild mit einer alles verzehrenden Lust. Eine beinah possierliche Vorstellung: Jeschua als rasender Satyr, Jeschua mit einem göttlichen Phallus! In meiner Erinnerung ist er eher ein wandelndes Klappergestell mit eingezogenem Schwanz. Ach, Jeschua, ich liebe dich, das weißt du, und darum kommt mir jetzt der Gedanke, dass du vielleicht zu den Huren gingst, um zu diskutieren, das mag lächerlich klingen, ist aber, wie ich höre, bei Männern deiner Zeit durchaus üblich; für Heim und Herd die züchtige Hausfrau, die Hetären für die Konversation und mit beiden der Sex, eventuell, wenn die Not groß wird.

Die beschaulichen Stunden, in denen Gaius seine Zech-
eskapaden ausschläft, lassen mir Zeit, über die vergangenen Geschehnisse nachzudenken und die markanten
Details wiederzukäuen.

Eigentlich ist Gaius ein Bühnenmeister aus Galiläa, genauer, am Theater von Sepphoris in der Nähe von Natz-
rath am Fuße des Berges, woher ich stamme. Wenn ich,
als ich noch ein Baum war (es klingt fast unglaublich,
aber es ist so), die Ohren gespitzt hätte, hätte ich die Rufe
der Schauspieler und das Brüllen der Zuschauer im dorti-
gen Amphitheater hören können. Als der unselige Jeschua
hingerichtet wurde, war Gaius zufällig anwesend. »Zufällig« ist nicht ganz das richtige Wort, schließlich liegt
die Schädelstätte nicht auf dem Weg vom Bordell ins Theater, also muss Gaius doch eher gezielt zur Hinrichtung
gekommen sein, weil er Unterhaltung suchte, vielleicht
begleitete er aber auch Maria Ana. Oder, wie mir jetzt
einfällt und was mir einen Stich ins Herz gibt, freute er
sich heimlich sogar, dass Jeschua einen Kopf kürzer gemacht wurde und er im Bordell damit einen Konkurren-
ten los war – soweit in solchen Etablissements von Konkurrenz die Rede sein kann, schließlich bezahlt man dort
einfach und macht sein Ding. Vielleicht aber ging es in
Maria Anas Schlafzimmer auch etwas anders zu, und es
herrschte eine Art spirituelle Konkurrenz.

Als ich nach der Kreuzigung in Stücke gehackt wurde,
fand Bühnenmeister Gaius (so erzählte er einem Freund
bei einem guten Krug Branntwein), dass ich als Olivenholz genau das sei, was er für seine Bühnenmaschinerie
noch brauchte.

»Diese Holzsorte ist sehr stark«, erklärte er, »so stark wie die Speere homerischer Helden.«

Das sagte er! Und so hatte er mich mitgenommen. Mit meinen fünfzehn mal acht mal zwei Daumen passte ich genau in das Räderwerk für den Deus ex Machina, die sprechende Götterfigur, die im klassischen Drama alle Probleme löst. Das Theater ist der einzige Ort, an dem Götter nicht schweigen.

Gaius' Grund, mich aufzuheben, war also ausgesprochen prosaisch, ich bin jederzeit austauschbar, er hätte auch ein Stück Kastanienholz oder einen dämlichen flachen Stein mitnehmen können, aber er nahm mich, und – ein nicht unwesentliches Detail – als er mich in die Hand nahm, durchlief ihn ein unverkennbarer Schauder, ich habe es selbst gesehen. Er zitterte, und das nicht zu knapp, als hätte er einen Guss kalten Wassers bekommen. Ich fand das lustig, wie Jeschua mich verzaubert hat: Wie er das hingekriegt hat, keine Ahnung, aber auf seine Weise war Jeschua doch eine Art Magier.

Als Teil der Bühnenmaschinerie bin ich also nur ein Detail, unsichtbar für jeden, doch gleichwohl unverzichtbar, und ich müsste lügen, würde ich sagen, dass ich den Applaus nicht jeden Tag aufs Neue genieße.

Jahre später erhält Gaius eine Nachricht aus Rom, unterzeichnet von keinem Geringeren als Kaiser Nero, »dem großen Steuermann«, wie man hier sagt, ein passionierter Theaterliebhaber, der weiß, dass mein Meister ein Spezialist im Konstruieren von Dei ex Machinae ist. Der Kaiser-Dichter befiehlt ihn in seinen Palast, unverzüglich, das heißt so schnell wie möglich. Wozu er Gaius braucht, sagt er nicht, beispielsweise könnte er ihn auch direkt dem Henker übergeben, weil Gaius sich mit einer christlichen Prostituierten eingelassen hat. Kaiser Nero kann Christen auf den Tod nicht ausstehen, diese neumodische Sekte, die Anhänger Jeschuas, weil sie mit ihrer Härenen-Hemden-Philosophie und ihrer Eingötterei den Bestand des Römischen Reiches gefährden. Ein ziemliches Zeichen von Unwissenheit, wenn Sie mich fragen: Jeschua benutzte einen Stein als Kopfkissen und gab sein Brot einem Bettler, es müsste schon mit dem Teufel zugehen, wenn es gelänge, auf die Weise ein Weltreich zu Fall zu bringen.

In seinem Brief hat der Kaiser Gaius mit »guter Mann« angesprochen, jedoch sofort kryptisch ergänzt, »das Bessere ist der Feind des Guten«. Gaius denkt lange über diese Bemerkung nach und kommt zu dem Schluss, ohne es wirklich zu glauben, dass Nero einen Scherz gemacht hat, »einen blöden Scherz«, wie er später in der Kneipe sagt, »mit verdammt schwarzem Humor«, wie ein Mitzecher sofort hinzufügt, und noch in derselben Nacht bekommt Gaius Durchfall.

Am Morgen macht er sein Reisegepäck fertig (er hat drei Kisten und dazu ein paar Kleiderbündel), ich werde als eine Art Talisman mitgenommen.

Die Art, wie er sich von Maria Ana verabschiedet, gehört nicht zu den Beschreibungen cum grano salis, das ist einfach der Mensch, wie er sabbert und bebt, die Spiritualität reinen Vögelns, nichts mehr und nichts weniger. Hinterher heult Maria Ana, die Glucke, denn fortan muss sie zwei geliebte Kunden entbehren, der eine in die ewigen Jagdgründe entschwunden (obwohl manche munkeln, er sei wiederauferstanden), der andere aufs endlose Meer, in Richtung Seeungeheuer und unberechenbarer Kaiser. In beiden Fällen ist eine wirkliche Rückkehr – mit zugehörigem körperlichem Vergnügen – so gut wie ausgeschlossen.

Am Tag unserer Abreise ist es schwül, um acht Uhr morgens flirrt im Hafen schon die Luft. Fischer bringen in Körben ihren silbrig wimmelnden Fang an Land. Billige Huren schlendern am Kai entlang. Markthändler kommen mit Handkarren und präsentieren ihre Waren. Ich aber schaue vor allem aufs Wasser, all das Wasser, diese gigantische Pfütze, in der die Erde herumschwimmt! Und wir stechen in See! In eine andere Welt!

Von Caesarea aus geht die Reise Richtung Kleinasien und von dort weiter zum Balkan. Die Fahrt übers Meer dauert Monate und ist eintönig, aber daran gewöhne ich mich, es bleibt genug Spektakuläres: die Winde, die alle zwei, drei Tage in tosende Stürme umschlagen, meist nachts, so dass die Passagiere aus den Kajüten fliehen und kotzend über der Reling hängen oder ein Stoßgebet rufen, weil sie überzeugt sind, ihr letztes Stündlein habe geschlagen. Außerdem gibt es andauernd Schlägereien, ein paarmal am Tag, auf dem Oberdeck, wo der Pöbel schläft, Kämpfe mit Ketten und Fleischerhaken, die Männer aufgestachelt vom Wein und vom Misstrauen, so dass jeden Morgen beim ersten Licht wieder jemand ein Seemannsgrab braucht. Auch herrscht permanent Angst vor menschenfressenden Tritonen, die am Meeresgrund wohnen und die über ihnen dahingleitenden Schiffe belauern, um alle Insassen auf einen Schlag zu verschlingen, oder vor Magnetfelsen, die die Schiffe in einen Haufen Splitter verwandeln.

Oft ist es aber auch ganz gemütlich an Bord: Gaius liegt auf dem Bett in seiner Kajüte, mit mir als Kopfkissen und Talisman, als Lebensversicherung sozusagen. Solange sein Kopf auf mir ruht, ist er überzeugt, kann ihm nichts geschehen – meine neue Metamorphose, die dritte. Er schläft ein, doch nach einigen Stunden bekommt er Alpträume, steckt plötzlich im Rachen eines Tritons oder wird vom kaiserlichen Poeten lebendig gehäutet; zu guter Letzt, gegen Morgen, ist er wieder der Alte, der fröhliche Zecher und Schürzenjäger, der mit mir redet wie mit einem Reisegefährten. Zwischen uns entsteht eine tiefe Beziehung, darf ich wohl sagen. Es hat etwas Blasphemisches: ein gestandener Römer, getreuer Anhänger des Jupiter, der sich an ein Stück Olivenholz wendet, das als Schandpfahl für Jupiters Feind diente.

Ach, Jeschua.

Während der Meister irgendwo würfelt oder einen Krug Branntwein niedermacht, liege ich auf seinem Bett und schaue nach draußen. Durchs Bullauge ist oft tagelang kein Land zu erkennen. Kommt aber dann endlich doch eine Küste in Sicht, rennen alle an Deck. Im Ausguck, hoch oben in den Wanten, höre ich die jungen, gebräunten Matrosen den Namen des jeweiligen Landes ausrufen, Cyprus zum Beispiel. Allein schon das Wort elektrisiert die Besatzung, weil es der Geburtsort der Aphrodite sein soll, der Liebesgöttin, unter deren Füßen sich der trockene Boden in blühende Wiesen verwandelt. Ich sehe die raue Felsküste als eine Phalanx natürlicher Triumphbögen, darüber endlose Reihen von Pinien. Auf der Hochebene dahinter winken Olivenbäume und Palmen mir zu.

Danach wieder die ewige See, die Dünung, das Knarzen des Bugs. Wenn es stürmt, stöhnt jede Faser des Schiffs. Bei einem Sturm werde ich auf den Boden der Kajüte geschleudert. Ich bin pitschnass. Überall höre ich Menschen flennen und sich erbrechen. Ein Matrose landet im Wasser und ertrinkt. Ich habe Angst, ebenfalls über Bord zu gehen. Jemand schreit, das Ende der Welt sei gekommen. Es hat wohl nicht viel gefehlt, denn Gaius, der doch sonst wenig Angst hat, klammert sich an mich wie an eine Rettungsboje und legt mich hinterher liebevoll wieder aufs Bett, dankbar für meine Hilfe.

Meine Hilfe? Dann war dies also mein Debüt als vollgültiger Glücksbringer. Auch gut: Ich brauche dafür nichts zu tun, bloß einfach da sein, und werde nach jeder überstandenen Unbill mit Lob überhäuft. Kinderhand ist leicht gefüllt, sagt man, und – wie man sieht – auch die meines Meisters.

Wir legen an im lykischen Myra, an der Küste Kleinasiens, wo Gaius die nächste Etappe seiner Odyssee ankündigt: eine Überlandtour nach Ephesus.

Er mietet ein Zimmer in einer Herberge gegenüber der Nekropole. Es gibt fast keine anderen Gäste, und der

Wirt starrt Gaius die ganze Zeit an, als hätte er es mit einem Irren zu tun. Etwas weiter, im Zentrum der Stadt, sagt er, gebe es bessere Hotels, noch dazu billigere, mit vorzüglicher Küche und unglaublich weichen Betten, »geht doch da hin«, er fleht es beinahe, doch Gaius ist todmüde und will nur noch schlafen, ihm ist alles egal. Er bucht für zwei Tage.

Die Nacht bricht herein, und wohltuende Stille legt sich über die Stadt. Nach der unruhigen Schiffsreise die reinste Erholung!

Sobald Gaius eingeschlafen ist, sehe ich draußen (ich liege auf einem Tisch zwischen Fenster und Bett) ein merkwürdiges Leuchten. Woher das Licht kommt, kann ich nicht sagen. Auf der Straße sind keine Reisenden, kein Hufgetrappel ist mehr zu hören, und soweit ich weiß, gibt es auch kaum Beleuchtung. Alles, was ich durchs Fenster sehen kann, ist der Friedhof mit seinen Felsengräbern. Das Licht flackert wie eine Fackel und bewegt sich langsam in unsere Richtung. Hundertmal rufe ich: »Gaius, Gaius!« Ich flehe, ich schreie: »Wach auf, Gaius, beweg deinen lahmen Hintern und tu was!«, aber natürlich hört Gaius mich nicht und schläft wie ein Toter.

Was kann uns hier eigentlich zustoßen? Warum wollte der Wirt uns in eine andere Herberge schicken? Was für ein miserabler Geschäftsmann! Das Licht gleitet unregelmäßig vorüber, als würde jemand da draußen mit einer Fackel etwas suchen. Gegen Morgen, als der erste Schimmer am Himmel erscheint, hört das Geflacker endlich auf. Die Felsengräber liegen friedlich da. Die ersten Händler sind zu hören. Die Luft füllt sich mit dem Geruch von frischem Brot und gebratenem Fleisch. Neue Gäste kommen und werden vom Wirt an andere Herbergen verwiesen. Fluchend höre ich sie Richtung Stadt davonziehen. Am Morgen bleibt Gaius im Bett. Beim Mittagessen, eine Art Pasta mit Oliven und Fleisch in herzhafter Soße, setzt sich der Wirt auf einmal zu ihm. Er will wissen, wie er geschlafen hat.

»Wie ein Baby«, antwortet Gaius.

Der Hotelier runzelt die Stirn. Er erzählt flüsternd, obwohl der Gastraum bis auf uns leer ist, dass »die Friedhofsbewohner« (so nennt er die Toten) sich ständig auf der Suche nach Körpern befänden, »menschlichen Hüllen« (so nennt er die Lebenden), in die sie hineinfahren können. Er schärft Gaius ein, sich gut vorzusehen, vor allem nachts, denn vor einiger, noch nicht allzu langer Zeit – jetzt flüstert er beinah unhörbar – sei ein junger Musiker hier bei ihm abgestiegen. Als dieser Bursche nach einer unruhigen Nacht nicht zum Frühstück erschien, habe er in seinem Zimmer nach dem Rechten gesehen. Ich kann nicht hören, was der Wirt Gaius erzählt, denn er beugt sich zu ihm und wispert ihm etwas ins Ohr, worauf Gaius' Gesicht einen Ausdruck annimmt, den ich noch nie bei ihm gesehen habe: Er reißt die Augen auf, sitzt mit offenem Mund da, und alles Blut weicht aus seinen Wangen. Im nächsten Moment lacht er laut auf und nennt den Besitzer einen abergläubischen Spinner, der seine Alpträume für Wirklichkeit hält. Er leckt seinen Teller ab, geht in den Hügeln um die Stadt ein Weilchen spazieren und kehrt zufrieden in die Herberge zurück, wo ich ihn ergeben erwarte. In *meinem* Leben ist in den vergangenen Stunden nichts Besonderes passiert, es war ein heißer, lustloser Tag, selbst die Toten schienen ihre ewige Ruhe zu genießen.

Sobald es dunkel wird und die Grillen zu zirpen beginnen, steht Gaius vom Bett auf, wo er gelesen hat – etwas von Seneca, den er in Rom kennenzulernen hofft. Er nimmt mich in die Hand und beugt sich aus dem Fenster. Die Straßen sind wie ausgestorben, die Felsengräber liegen im Dunkeln. In der Ferne sieht man Kerzenlicht in einer Taverne, doch Gaius geht nicht dorthin. Er hat vom Wirt einen Krug Wein bekommen, um durchschlafen zu können.

Er legt mich auf die Fensterbank und geht selbst zu Bett. »Wir müssen gut aufpassen«, sagt er (mittlerweile spricht er mich direkt an), »dieser Angsthase von Wirt hat eine überhitzte Phantasie, aber trotzdem sollten wir uns vorsehen.«

Er liegt mit aufgerissenen Augen im Bett. Solange er nicht schnarcht, ist er wach. Um Mitternacht gleitet gedämpftes Licht am weit geöffneten Fenster vorbei. Gaius springt aus dem Bett und schaut nach, aber es ist nichts zu sehen. Er schließt die Läden und legt sich wieder hin. Ein paar Stunden lang geschieht nichts. Gaius schnarcht nicht. Gegen Morgen, kurz vor Sonnenaufgang, ist es auf einmal, als flackere draußen eine Fackel, als rolle ein Feuerball die Straße entlang, quälend langsam, und erleuchte das Zimmer in kurzen Abständen taghell. Gaius, der Mutige, gibt keinen Mucks von sich, macht nur ab und zu: »Tss! Tss!«

Was nun, Meister? Selbst Angsthase geworden? Unter der Decke höre ich ihn etwas murmeln.

Ich kann es nicht richtig erkennen, aber es ist die gleiche Art Licht wie gestern Nacht, das da draußen entlanggleitet. Es muss die Fackel eines Straßenverkäufers sein, ein früher Markthändler mit einer Kerze auf seinem handgeschobenen Karren, der kurz hereinspäht, ungesund neugierig, aber ansonsten vollkommen harmlos.

Gaius, Mann, jetzt schau doch mal nach, Pantoffelheld, Feigling! Er murmelt etwas hinter vorgehaltener Hand.

Ein Krämer? Man könnte es meinen. Nur macht sein Karren absolut kein Geräusch, sind seine Schritte unhörbar, er schreitet in tödlicher Stille vorüber. Mit einer gewichtslosen Fracht scheint der tote Händler vorüberzuschweben, unterwegs von einem düsteren Ort zum nächsten, und er linst nicht einfach herein, nein, mit gnadenlosem Totenblick späht er durch unsere Läden, bohrt sich ins Zimmer, fragt sich, ob wir bereit sind ... er zögert, und zu guter Letzt macht er sich davon, lautlos murrend, unterwegs zu seinem finsteren Ziel, irgendwo auf dem nachtschwarzen Hügel über dem Friedhof.

Als das Licht erstirbt (was für ein Ausdruck!), höre ich Gaius auf einmal schnarchen. Wenn es drauf ankommt, ist er furchtsam wie ein Kaninchen, um dann wie ein Stein einzuschlafen. Ich liebe dich, Meister, aber ein Held bist du nicht. So werden die barfüßigen Jünger Jeschuas dein Römerreich leicht einsacken. Angst vor einem flackernden Licht, meine Güte!

Am nächsten Tag dankt Gaius mir mit einer kleinen Ansprache (er glaubt wirklich, *ich* hätte ihn gerettet). Er bezahlt die Rechnung beim Wirt, packt seine Sachen und verlässt Myra, wie von tausend Hadeshunden gehetzt.

―――

Bevor ich das Folgende erzähle, muss ich ein Geheimnis verraten.

Mit den Menschen kann ich, als ein *Ding*, wie ich schon sagte, nicht kommunizieren. Zwar höre ich ihr Geschwafel und spreche auch zu ihnen, sie aber sind in ihrem Begriffsvermögen beschränkt. Mit anderen Gegenständen dagegen kann ich mich perfekt unterhalten. Wir sind nicht unbeseelt, im Gegenteil, wir sind wahre Plaudertaschen.

So komme ich während einer Rast unserer Kutsche auf dem Weg nach Ephesus mit dem berühmten Leichentuch ins Gespräch, dem Tuch aus Leinen, in das man Jeschua nach der Kreuzigung gewickelt hat und auf dem der Abdruck seines Körpers deutlich zu sehen ist. Gaius behauptet, der Abdruck sei durch irgendeine merkwürdige Milchsäure entstanden, die Jeschuas Leiche abgesondert habe. Für die Christen ist es natürlich ein Beweis für Jeschuas göttliche Natur. Alles gut möglich, aber ich bin so romantisch zu glauben, dass stille Wasser tief sind und dass dieser Bursche, der im Leben kaum lachen konnte, sich für nach seinem Tod ein paar gute Witze ausgedacht hat. Das hier ist einer davon.

Uns wird sofort klar, dass wir etwas Wichtiges gemeinsam haben, die ehrwürdige Frau Grabtuch und ich. Wir haben diesen rebellischen Schelm Jeschua in ganz besonderen Momenten begleitet, ich kurz vor seinem Tod, sie kurz danach.

»Was hat dich an ihm so fasziniert?«, will ich wissen, nachdem ich ihr erzählt habe, wie ich den Jungen in seiner letzten Stunde an mich gedrückt habe, um ihm das Sterben zu erleichtern.

»Wie *forchtbar*, und doch auch wie *wundervoll*! Weißt du, für seine Anhänger war er ein Heiliger, und darum suchten sie nach seinem Tod ein köstliches Stück Tuch, mich also, um seinen Körper damit zu bedecken. Er fühlte sich an wie ein Prophet. Sein Blut und sein Schweiß haben mich völlig durchtränkt.«

Diese eitle Frau Grabtuch!

»Man hört so viele Geschichten«, sage ich, »aber erzähl mir, was kurz nach seinem Tod wirklich geschehen ist.«

»Man hat ihn aus dem Grab geholt«, erläutert Frau Grabtuch, »obwohl er schon stank. Wirklich: *stank*! Es war ja heiß damals, weißt du noch?«

»Wer hat ihn mitgenommen? Hast du das nicht gesehen? Du warst doch dabei?«

»Ein Dieb, glaube ich. Oder ein Engel, wer weiß. Es ging alles so schnell, und es war mitten in der Nacht. Ich wurde auf den Boden geworfen. Ich sah geschmeidige Bewegungen von jemandem mit einem weißen Mantel.«

»Einem weißen Mantel?«

»Oder Flügeln ...«

»Flügeln?«

»Oder einem Rock, einer Tunika, was weiß ich! Wer auch immer es war, man hat ihn so nackt, wie seine Mutter ihn geboren hat, mitgenommen. Ich habe ihn nie wiedergesehen. Später bin ich bis hierher geweht, mit dem Wüstenwind. Schau mal, wie dreckig ich bin, boah!«

Weil Frau Grabtuch eine Weile in Meerwasser gelegen hat und Jeschuas Abdruck dabei merkwürdigerweise nicht verschwunden ist, sind wir beide der Meinung, dass es eine besondere Bewandtnis damit haben muss, und so frage ich sie: »Ein Prophet, sagtest du. Was meinst du damit?«

»Ein Prophet«, erklärt sie, »der das Ende der Welt verkündete.«

»Das Ende der Welt, ja. Aber das haben viele verkündet. Und es werden immer mehr.«

»Ja, aber er sprach auch von einem neuen Leben. Mit seinem Anglerlatein hat er verschiedenste Menschen gelockt, vor allem Pöbel: Sklaven, Wollkämmer, Flickschuster, Tuchwalker, Huren. Alle hofften sie auf Erlösung aus ihrem Elend.«

Ich erzähle Frau Grabtuch, dass ich Jeschuas Mutter gekannt und sie während der Schwangerschaft getröstet habe, weil sie das Kind nicht haben wollte und den Sinn ihres Auftrags auch nicht verstand, und dass ich auch ihn tröstete, weil man von ihm verlangte, er solle eine Art Herr werden, wo er doch lieber Schauspieler oder Weinhändler geworden wäre.

»Darf ich mal an dir riechen?«, frage ich.

»Was soll das jetzt? Wozu?«

»Bloß so.«

Sie lässt mich an sich schnuppern. Sie stinkt nach Muscheln.

»Er roch nach Brot«, sage ich.

»Zum Glück ist das Ende der Welt nicht gekommen«, sagt Frau Grabtuch, während sie sich den Bauch glattstreicht.

»Sie sagen«, erwidere ich, »es sei nur aufgeschoben.«

»Gut Ding will Weile haben.«

Schlagfertiges Grabtuch. Ich wollte, wir könnten noch länger miteinander plaudern, aber wir müssen voneinander Abschied nehmen. Der Kutscher packt mich wieder ein, und wir fahren weiter, Richtung Ephesus.

Sie roch auch ein bisschen nach Lavendel.

———

Eine Weile vergnügt Gaius sich in den Bordellen von Ephesus und Pergamon, doch eines Morgens kommt er zur Einkehr und beschließt, seine Seele im Asklepieion zu reinigen, einem Kurort für körperlich und geistig Zerrüttete. Ich denke, er ist vor allem neugierig und sehnt sich nach Unterhaltung auf etwas höherem Niveau.

Es beginnt vielversprechend. Über dem Tor des Kurorts steht in Stein gemeißelt: »Dem Tod ist der Eingang verboten!«

Gaius meldet sich an als Patient mit Schlafstörungen, der in den seltenen Momenten der Ruhe von Alpträumen geplagt wird. Die Ärzte raten ihm zu einer Nacht im Tempel als Heilmittel.

In der Regel haben Menschen Angst vor Türen, über

denen das Wort »Tod« steht. Sie denken sofort an Grüfte, Gräber und Grotten und fühlen sich schon bei der Gurgel gepackt. Natürlich haben sie auch Angst davor, allein in Räumen eingesperrt zu sein, in denen sich ein anthropomorphes Standbild befindet, eine Gottheit zum Beispiel, weil man nie weiß, was dem steinernen Riesen so alles einfällt: Ist der Gott dem Menschen gnädig gesinnt oder nicht? Lässt er ihn für seine Verirrungen (Jeschua nannte sie Sünden) büßen oder nicht? Wird er plötzlich den Arm ausstrecken, um den Menschen mit seiner halben Tonne Granit und seinem spirituellen Zorn zu zermalmen?

Der Sinn der Tempelschlaf-Therapie *(enkoimesis* auf Griechisch, *incubatio* auf Latein, hier werden viele Sprachen durcheinandergesprochen) besteht darin, dass der Patient eine Nacht im Tempel verbringt und die Gottheit ihm in Gestalt einer Schlange oder Spinne erscheinen soll. Auf diese Weise wird er – wenn der Gott will – von seinen bösen Träumen geheilt.

Ein teurer Schwindel, wenn Sie mich fragen, denn ich kann bezeugen, dass Gaius' Alpträume später noch schlimmer werden und sogar bei vollem Bewusstsein auftreten. Es ist das erste Mal in meinem Leben, dass ich – wie hier – einen Menschen das Kostbarste verlieren sehe, was er besitzt: seinen Glauben. In meinen Augen war Gaius bisher gläubig wie viele seiner Zeitgenossen, ohne Leidenschaft oder Skepsis, mit mehr Aberglaube als Religiosität, obwohl die Übergänge zwischen beiden oft fließend sind; im Tempel des Äskulap aber merke ich plötzlich, dass Gaius tief im Inneren ein verzweifelter Sucher ist, der sich gewissermaßen in seinem Körper gefangen fühlt und die Arme nach einer höheren Wahrheit ausstreckt – das macht uns, ehrlich gesagt, miteinander verwandt.

»Irgendwann«, sagt er, als er nicht einschlafen kann und von trostloser Einsamkeit heimgesucht wird, »irgendwann wird das menschengemachte Licht erlöschen, alle Worte werden zu einem Seufzer, und alle Liebe verfliegt. Man wirft einen Menschen in den Sarkophag oder die Grube, und da endet die Reise. Der himmlische Tisch, an dem die Götter beschließen, ihre Krankenpfleger zur Erde zu schicken und auf unser Schicksal einzuwirken, ist eine Fata Morgana, genau wie die Götter selbst: ein leeres Theater in einer leeren Stadt in einer leeren Welt. Aber vorläufig liege ich schwitzend hier auf dem Boden und sehne mich nach Frauen und Wein – mein Körper ist kein Tempel, genauso wenig wie der Ort, wo ich liege: ein miefiges Loch voller Votivgaben in Form künstlicher Schwänze.«

Erst jetzt sehe ich die Gaben auf dem Altar: Münzen, Halsketten, Ringe, Becher, eine Schriftrolle mit öden Gedichten sowie Nachbildungen von Körperteilen, darunter auch eine beeindruckende Sammlung Phalli. Objekte mit einer Geschichte, Zeichen der Hoffnung und zugleich großer Verzweiflung.

Das Wasser der heiligen Quelle in der Mitte des Tempels stinkt, doch Gaius trinkt trotzdem davon, denn er hat nichts anderes. Er wäscht sich auch damit. An der Wand hängen Tafeln mit Inschriften. Im Schrein steht Asklepios, der Gott der Heilkunde. Gaius streichelt das steinerne Gesicht und verfällt in eine Art Trance.

»Ich sehe eine Welt«, sagt er zu sich und zu mir, »in der die Menschen sich ihrer Nichtigkeit bewusst sind und in der alles erlaubt ist, selbst die wiederholte Zerstörung dieser Welt. Was für eine Stille, was für eine herrliche Leere!«

Er legt sich hin, wälzt sich schlaflos auf dem kalten Boden und flucht.

Ich bin bestürzt. Was geschieht hier? Etwas ebenso Spektakuläres wie Unsichtbares: In einer einzigen Nacht verliert ein Mensch seinen Glauben an alles, was Priester und Philosophen bis dato gelehrt haben.

»Ihr gaukelt den Menschen etwas vor«, murmelt Gaius, »doch eines Tages fallen die Schellen ihnen von den Augen.«

Merkwürdigerweise macht der Gedanke ihn nicht mutlos, er scheint ihn eher tröstlich zu stimmen und sogar kämpferisch. Wieder wäscht er sich im Brunnen.

»Wie können die von dieser neuen Sekte nur an einen Verrückten glauben«, sagt er, »der seine andere Wange hinhält, wenn jemand ihm eine reinhaut, und der sich willenlos ans Kreuz schlagen lässt?«

Mit Letzterem meint er mich!

Er beendet seinen Tempelschlaf: »Das Zeitalter der Erhabenheit, der Weisheit und Eitelkeit ist vorüber. Der Aufstieg der knienden Idioten wird das Ende beschleunigen. Kündigen sie es nicht selbst an? ›Seid bereit, denn der Herr kommt euch holen.‹ Natürlich, die Würmer kommen euch holen, sie grinsen euch bereits an!«

Ich habe Mitleid mit den Menschen. Was für merkwürdige Wesen! So viel Sehnsucht und Kummer, verpackt in erbärmlicher Schönheit. Mein Meister wird nicht von der spirituellen Hand eines steinernen Gottes zermalmt, sondern von der unerträglichen Schwere der Leere.

Ein Schiffbruch und die Pest – der Fluch der Götter trifft meinen raubeinigen Melancholiker auf dem Meer und in den Metropolen unterwegs zu Neros Rom des Öfteren, aber immer kann er um Haaresbreite entkommen, und das liegt natürlich an mir, davon ist er fest überzeugt; in seinem ungläubigen Universum bin paradoxerweise *ich* sein Beschützer.

Als wir endlich vor Kaiser Nero, mit Beinamen Bronzebart, stehen, bin ich verblüfft, wie banal dieser Mann auf den ersten Blick aussieht. Die halbe Welt folgt seinem Wink, aber er sieht aus wie ein aufgedunsener Metzger, mit dicken Armen und Beinen, kurzen Wurstfingern, einem gemütlichen Bauch und gutmütigen Gesicht, von dem niemand vermuten würde, dass kaltblütige Mordlust sich dahinter verbirgt. Er ist sogar witzig, gut gelaunt und einnehmend. Gaius macht sich fast in die Hose, als er vor ihn treten muss, doch gleichzeitig ist er hingerissen von ihm.

Nero heißt ihn mit folgenden Worten willkommen, die seinen Charakter vollkommen wiedergeben: »Der Bürgerstand besteht aus Kanaillen, Meister Gaius, doch über dich habe ich so viel Gutes gehört, kultiviert und anständig bis zum Ekelerregenden, dass ich dich in meinen Hofstaat aufnehmen will, und zwar als meinen persönlichen Leiter der Bühnenmaschinerie, eine Stellung, die du sofort antreten darfst. Schau nicht so erstaunt, Gaius, als hättest du soeben das Hinterteil Jupiters küssen dürfen. Gefällt es dir nicht? Ich mag dich schon jetzt. Melde dich bei Schulmeister Seneca, meinem Lehrer und Feind. Ich liebe dich, kleiner Bühnenmeister, aber ich werde dich nicht sodomisieren, denn du stehst dem Tod schon zu nah, und das macht mein kostbarstes Teil traurig und schlapp.«

Ich unterdrücke meinen Ekel, doch Gaius sagt hinterher, Rom brauche einen solchen Kaiser, um gegen die Bedrohungen von außen bestehen zu können.

Jeschua, Jeschua, wenn du wüsstest, wo ich hier gelandet bin, du würdest dich im Grab umdrehen, wenn du noch eines hättest. Wer weiß, vielleicht rufe ich irgendwann auch einmal »Gaius, Gaius«, irgendwann einmal, später, voll unangebrachter Nostalgie, wenn er längst nicht mehr da ist, vom Monster verschlungen, das ihn jetzt noch ernährt. Das wird – so fürchte ich – nicht mehr lange dauern, denn ich sehe das Unwetter schon kommen, ein langsam heranschleichender, alles vernichtender Sturm.

Eines Tages regt sich der Wind, der ein Sturm werden könnte. Gaius wird zum Kaiser befohlen, um mit ihm über die Dei ex Machinae zu sprechen, die er in Sepphoris konstruierte. Sie reden lange über die Genüsse des Theaters, der Poesie, der Musik, dann über Schauspieler, Tänzer und Sänger und zuletzt über Neros tiefstes, geheimes Verlangen.

Ich stecke in Gaius' Umhängetasche und höre die frivole Stimme des Weltherrschers.

»Wer, denkst du, Bühnenmeisterchen, ist imstande, in seinen Fähigkeiten und Phantasien wirklich bis zum Äußersten zu gehen, sie voll und ganz auszuleben? Ich meine, nicht weil er betrunken ist, in einem Anfall von Wut oder von Leidenschaft, nein, bei völlig klarem Bewusstsein. Du hast keine Ahnung? *Ich* denke: nur sehr wenige. Und weißt du, dass *du* zu diesen wenigen gehörst? Du, Bühnenmeisterchen, verkörperst ein unglaubliches Paradox: Du bist ein wohlerzogener, kultivierter Mann und gleichzeitig – ob du willst oder nicht – ein Monstrum, das heißt zu Monstrositäten fähig.«

»Ich begreife nicht, was du meinst, Caesar«, antwortet Gaius, doch er weiß es nur allzu gut.

»Verstehst du, was mir fehlt?«, erwidert Nero, der nicht gewohnt ist, anderen zuzuhören. »Ich bin ein Monstrum durch und durch, geknetet von der Geschichte, getrieben von unersättlicher Geilheit und Gier, aber mir fehlt dein eiskaltes Raffinement. Darum habe ich dich aus der unerschöpflichen Zahl meiner Untertanen erwählt! Du wirst dich vor deinem Gewissen nicht fürchten, so dass es dich quält und alles vereitelt. Du wirst den Extremen der menschlichen Seele, dem Engel *und* dem Teufel, gleichzeitig Gelegenheit geben zu glänzen.«

Nero richtet seinen molligen Metzgerleib auf und zeigt auf sein Landgut. »Dies wird der nördliche Flügel der Domus Aurea«, sagt er. »Hier entstehen die Räume, wo die Sonne nie scheint, im übertragenen Sinne genauso wie wörtlich, denn jeder, der diese Räume betritt, wird sie nur verlassen als Wrack – oder, wenn er Glück hat, als Leiche. Hier wird man erkennen, was das poetische Wort ›züchtigen‹ bedeutet. Durch dich werden in diesem Raum die raffiniertesten Folterwerkzeuge entstehen, die der Mensch je gesehen hat. Weg mit dem Deus ex Machina! Willkommen, Mors ex Machinae!«

O weh, ihr – um mit dem Dichter zu sprechen – hohen Berge in der Dämmerung, hätte ich doch eure Unbewusstheit! Ich sehne mich, wieder ein Baum in der Wüste zu sein, zweitauend Jahre will ich nichts mehr erleben, am langweiligsten Ort auf der Welt stehen. Oder verbrannt werden, von gnädigem Feuer verzehrt. Alles will ich, nur nicht dies.

Mein Meister stimmt zu. Er wird der Konstrukteur des Todes, die ausführende Hand des Schlächters. Er entwirft Hack-, Schneide-, Kneif- und Quetschwerkzeuge für Nero, und zuletzt gar eine Maschine, mit der seine Geliebte Maria Ana zu Tode gefoltert wird. In ihrer Hysterie ist sie ihm nämlich gefolgt und hat behauptet: »Jeschua, der Messias, ist zum Himmel aufgefahren, zurück zu seinem Vater, wie eine Eule zum Ursprung der Weisheit« – wo ich Jeschuas Vater doch nur allzu gut kenne, ein verdammter römischer Legionär, ein Wüstling. Die Maschine, mit der Maria Ana zu Tode gemartert wird, ist eine Puppe mit Phallus, deren Eichel ein eiserner Granatapfel ist, der nach dem Eindringen in die Scheide unversehens aufklappt, so dass unzählige Nägel sich in die Gebärmutter bohren. Ich würde es nicht glauben, wenn jemand es mir erzählte. Aber ich habe es mit eigenen Augen gesehen.

Vor Erschütterung gelähmt, wende ich mich ab.

Aus würgendem Schuldgefühl über seine Beteiligung an diesem mörderischen Regime verrät Gaius zu guter Letzt seinen Kaiser. In der Villa eines alten Freundes in der römischen Provinz Gallia Belgica findet er Zuflucht. Dieser Freund, mit dem vielsagenden Namen Crapularius, »zum Katzenjammer gehörig«, wird von Nero gedungen, Gaius umzubringen.

So lässt Gaius mich dort zurück, als er wieder fliehen muss.

Wie es Gaius weiter ergeht, weiß ich nur vom Hörensagen. Nachdem er Neros Falle in Belgica entkommen ist, reist er nach Herculaneum, wo einige Jahre später die Lava des Vesuvs ihn begräbt.

In den folgenden Jahrhunderten habe ich viel Zeit, über all das nachzudenken, was er mir erzählt hat. Trotz seines Abfalls vom Glauben und seiner Verbitterung hat er in Belgica nämlich bis zum letzten Moment mit mir geredet. Ich glaube, er sah mich als Spiegel. Als Spiegel seines Gewissens. Seiner Zukunft. Seiner vollgestopften, sündigen Seele.

Ein Spiegel antwortet auch nicht.

Ach, Gaius, Gaius, sage ich mit unangebrachter Nostalgie.

KAPITEL DREI

von Gottszuckerschneckchen
und Gutgeboren,
einer irren Tätowierung,
einem heiligen Toren,
dem Spiegel des Todes, Hyänen,
Zeitreisen, einer Belohnung,
um die einen keiner beneidet,
und einer missgünstigen Vorhaut

ICH überdaure im kalten, sauren Moorboden von Belgica, wo ich Jahre, was sage ich!, *Jahrhunderte* vor mich hin dämmere. Die Villa rustica des Crapularius wird unter dem Schlamm des Flusses Scaldis begraben. Die Jahreszeiten folgen einander im ewigen Rhythmus. Mein Schlaf ist ein Schlaf ohne Träume. Schlafend trotze ich dem Durchzug von Armeen von Käfern und Würmern. Die Unbewusstheit der Natur, die ich so sehr ersehnte, ist meine geworden. Lange Zeit bewege ich mich am Rande des Todes. In den Tiefen des Moors ist der Tod aber kein Tod, sondern eine allmähliche Rückkehr zum Urgrund, zum Stoff, aus dem alles entstand. So könnte ich vergehen, ohne zu leiden.

Ein Herbststurm jedoch entscheidet es anders und sorgt dafür, dass ich erwache. Vom Regenwasser werde ich an die Oberfläche gespült; plötzlich liege ich schlaftrunken im Licht, nackter denn je.

Ein Mönch kommt vorüber. Er hat in der Abtei Zuflucht gefunden, die an Stelle der Villa des Crapularius erbaut worden ist. Inzwischen sind wir über dreizehnhundert Jahre in der Menschheitsgeschichte vorangeschritten.

Der Mönch stammt aus dem Großfürstentum Moskau und heißt Bogomil, das bedeutet wörtlich »Gottes Liebling«, darum nennt ihn jeder nur Gottszuckerschneckchen. Er ist hier zusammen mit seinem Mönchsbruder Jewgeni, übersetzt »der Gutgeborene«. Sie sind vor der Gewalt der Tataren aus ihrer Heimat geflohen, der Nachfahren Temüdschins alias Dschingis Khans, des selbsternannten Vollkommenen Kriegers oder auch Herrschers der Welt.

Offenbar hat die Menschheit während meiner dreizehnhundert Jahre Siesta noch immer keine friedliche Form des Zusammenlebens gefunden. Umso unbegreiflicher, als diese Menschheit nach wie vor für meinen Jeschua schwärmt – was heißt schwärmt, er ist ihr Fürst, ihr Idol. Man fühlt sich berechtigt, in seinem Namen heilige Kriege zu führen. Anhand der Memoiren einer Handvoll Phantasten, geschrieben Jahrzehnte nach seinem Tod, Memoiren, die sie Evangelien nennen, »die frohe Botschaft« (so höre ich zumindest), glaubt man zu wissen, was er dachte und tat, und man erlässt strenge Gesetze, basierend auf Mutmaßungen. Außerdem ist man bereit, massenhaft für ihn zu sterben.

Ach, Jeschua, Jeschua. Langsam glaube ich, du wusstest, was für tragische Folgen dein Wirken zeitigen würde, und ich begreife, warum du keine Lust darauf hattest. Wärst du doch besser Schauspieler geworden. Lieber ein mittelmäßiger Schauspieler als eine aus ihrem Grab gerissene Leiche, die auf den Thron der Willkür gesetzt wird.

Meine zwei moskowitischen Mönche sind eigentümliche Burschen mit zum Glück einem gewissen Sinn für Barmherzigkeit. In jeder Hinsicht einer das Gegenteil des anderen, ergänzen sie sich wie ein altes, keifendes Ehepaar. Gutgeboren ist ein unglaublicher Fettwanst, dabei zugleich Sänger in russisch-orthodoxer Tradition, mit einem volltönenden Bass. Ich sehe sofort, dass er ein merkwürdiger Heiliger ist. Er huldigt der Philosophie, dass Buße tun keinen Sinn hat, wenn man nicht zuvor sündigt, und setzt dies meisterhaft in die Tat um. Er schmuggelt seine neuesten Liebchen durch die Hintertür des Klosters und weiht sie unter dem Vorwand einer typisch russischen Teufelsaustreibung in die körperliche Liebe ein. Übrigens ist unser Schwarzrock beim Geschlecht seiner Liebchen keineswegs wählerisch. Nach dem Kippen von ein paar Schoppen Wein, worin er äußerst versiert ist, hält er es mit dem alten flämischen Sprichwort:»Ein Loch ist ein Loch, und ein Pimmel ist blind« – wie man sieht, hat er ein sehr grobes Mundwerk, trotz der wundervollen Gesänge, die er zu Gehör bringt. Doch er büßt seine Schuld mit stundenlangem Gebet, barfüßig auf eiskaltem Boden, mit Wasser und Brot zum Frühstück und einem Glas Wein weniger vor dem Schlafengehen.

Gottszuckerschneckchen ist aus ganz anderem Holz geschnitzt. Ein Betbruder, dünn wie eine Bohnenstange, und seinem Pantokrator, dem orthodoxen Gott, treu ergeben, der ihm dafür reichlich Malertalent beschert hat. Er ärgert sich maßlos über die»Schlampamperei« (wie Gutgeboren selbst es oft nennt) seines Mitbruders, aber was soll er machen? Gutgeboren bleibt moralischen Ermahnungen unzugänglich, und so drückt Gottszuckerschneckchen ein Auge zu und zieht sich mit Farbe und Pinsel in seine Zelle zurück.

Insgesamt sind die beiden ein sympathisches Pärchen. Auf ihrer langen Flucht über die unruhigen Straßen Europas haben sie sich mit Singen und Malen am Leben erhalten. Dort hielt man die russischen Mönche – so erzählen sie – für zwielichtige Typen, die weniger vor den Tataren auf der Flucht als vielmehr von diesen geschickt worden seien, als Kundschafter ihres Projekts, den gesamten Kontinent zu kolonisieren. Singend und malend ist es Gutgeboren und Gottszuckerschneckchen jedoch gelungen, Könige, Äbte und einfache Leute von ihren ehrlichen Absichten zu überzeugen.

Und so landeten sie schließlich in Ehinham, wie der Ort, wo ich so lange geschlafen habe, jetzt heißt.

An einem nebligen Morgen zieht Gottszuckerschneckchen mich bei einem Spaziergang am Ufer des Scaldis buchstäblich aus dem Dreck. Das geschieht folgendermaßen: Er grübelt gerade über eine Stelle aus den Memoiren, pardon, dem Evangelium des Apostels Matthäus, Kapitel 25, Vers 29: »Denn wer da hat, dem wird gegeben, und er wird haben im Überfluss; wer aber nicht hat, dem wird auch, was er hat, genommen werden.«

Auf einmal fällt sein Blick auf ein Stück Holz, das, wie ihm scheint, nicht in den Klostergarten gehört: zu groß für einen Ast, nicht von der Baumart, die er gewöhnlich hier sieht, und eindeutig vor langer Zeit von jemandem bearbeitet. »Hallo, Herr Mönch!«, rufe ich. Er bückt sich und will mich in die Hand nehmen, doch sobald seine Malerfinger mich berühren, zuckt er zurück. Ein Zittern geht durch seinen Körper. Er seufzt tief auf und starrt auf seine Finger. Er berührt mich wieder und beginnt, schneller zu atmen, wie jemand, der… nun ja, ich habe in meiner Kleinklötzeexistenz schon so manches gesehen, ich weiß, was Menschen miteinander anstellen, wenn grad niemand zusieht, nicht nur Gutgeboren ist darin ein Meister – wenn es drauf ankommt, weiß jeder, wo's langgeht, und ich bin nicht nur durch Worte, sondern auch durch praktische Anschauung informiert. Solch ein sinnlicher Schauder also geht durch den frommen Leib meines Mönchs, er schaudert *und* genießt. Eigentlich genießt er vor allem. Allmächtiger, denke ich, das habe *ich* zustande gebracht, ich wusste nicht, dass ich solch eine Ausstrahlung besitze, solch einen *Nimbus,* wie Gottszuckerschneckchen das später einmal nennt.

Ein örtlicher Inquisitor wird herbeigerufen, der nach der ersten Berührung den gleichen Schauder im Unterleib verspürt. Er nennt dies religiöse Verzückung. Er denkt eine Nacht lang über dieses Phänomen nach und bezeichnet mich zu guter Letzt als ein authentisches Gottesgeschöpf mit besonderem Status, jawohl; nicht weil er einen rationalen Beweis dafür hätte – Inquisitoren biegen sich die Vernunft zurecht, so dass sie vor den gutgläubigen Herden, die die Welt so zahlreich bevölkern, immer recht behalten –, sondern weil seine religiöse Verzückung ihm das diktiert.

Der Inquisitor, der die Lehre Jeschuas mit Streckbänken und Kieferspaltern beschützt (eine Variante von Gaius' Mors ex Machinae), kann nicht aufhören, mich zu betasten, und erklärt zuletzt: »Als Gottes Sohn zu unserem Heil ans Kreuz geschlagen wurde, ist alles Holz, wirklich *alles* Holz auf Erden, sowohl das, aus dem Noachs Arche gebaut wurde, als auch das für die Krücke meines Großvaters, Gott hab ihn selig, sowie alles künftige Holz – das aller Ikonen, die noch gemalt werden, das Holz von Jewgenis und Bogomils Sarg, jawohl, wie auch das Holz, das in sechshundert oder sechzehnhundert Jahren benutzt werden wird, um Fensterrahmen und Krückstöcke zu machen, weiß der Himmel, was sie dann noch alles fabrizieren, mir schwindelt, wenn der Allmächtige mir im Traum einen Blick in die Zukunft gewährt, ohne dass ich mit Sicherheit zu sagen wüsste, ob es bloß einfach ein Traum ist oder eine göttliche Botschaft... – nun, ich will also sagen, dass alles Holz, wirklich ausnahmslos *alles*, beseelt mit Heilsgeschichte und auserkoren zum Symbol der gedemütigten Wahrheit, *alles* Holz also als natürlicher Verwandter des Fluchholzes gelten kann, das heißt: des Kreuzes Jesu.«

Der Inquisitor hat gesprochen. Jeder ist beeindruckt von der Länge seines Satzes und nickt. Der lange Satz bedeutet kurz zusammengefasst: »Legt den Klotz vorläufig nicht zum Brennholz.« Ich nicke ebenfalls, ich, um den es sich hier dreht, ich nicke bildlich gesprochen, denn der Bauch des Glaubensrichters, dessen Hände – etwas weniger bildlich gesprochen – von Blut triefen, hat nun einmal recht. Die Wahrheit ist die sicherste Lüge.

Eines Morgens, kurz nach dem Wecken, ich liege auf Bogomils Nachtschränkchen – zum Glück nimmt er mich nicht mit ins Bett, denn er riecht wirklich mittelalterlich –, drückt er meine Haut nachdenklich mit dem Daumen. Als würde er mich prüfen. Prüfen und für gut befinden.

»Ich werde«, sagt er, »ein heiliges Objekt aus dir machen.«

Ich – ein heiliges Objekt? Ich erschrecke, ein vergammeltes Holzscheit, ein jahrhundertealtes, angeranztes Stück Bohle, potthässlich, erbärmlich und dreckig, Larven und Würmer haben mich zerfressen, Maulwürfe mich vollgeschissen, Erdspinnen ihre dreihundert Eier in mich gelegt, die Fäulnis hat mich ergriffen, der unaufhaltsame Ruin. Doch die Worte des Inquisitors haben natürlich Eindruck gemacht.

Gottszuckerschneckchen streichelt mich und erschaudert. »Ich weiß nicht, wo du herkommst«, sagt er, »und warum du einem das Gefühl gibst, ständig ein bisschen verliebt in dich zu sein, auch wenn man als Mönch das Gelübde ewiger Keuschheit abgelegt hat. Kannst du mir das erklären?« Er küsst mich. »Ich werde dich bemalen«, sagt er, »ich mache eine Ikone aus dir.«

Ich weiß nicht, was eine Ikone ist. Ich kenne das Wort als solches, aber mehr auch nicht. Später begreife ich, dass es sich dabei um die Art Bilder handelt, wie Gottszuckerschneckchen sie malt.

Am Abend, als er zu Bett geht, starrt er mich lange an. Wenn ihm im Traum jetzt bloß keine Engel erscheinen, denke ich, die ihm verrückte Aufträge einflüstern.

So was nimmt kein gutes Ende, denkt nur an die arme Maryam und den unglücklichen Jeschua.

Gottszuckerschneckchen sagt: »Ich muss meinen Stand der Sünde beenden.«

Er legt sich rücklings nackt auf den Boden und hält stumme Zwiesprache mit irgendetwas, das an einer dunklen Stelle an der Decke versteckt zu sein scheint, der vagen Skizze eines Gesichts, einem Zeichen Gottes oder etwas noch Ungreifbarerem. Das tut er sieben Tage hintereinander. Ab und zu wirft er einen Blick auf Jewgeni, der jedes Mal mit unschuldiger Miene sagt, er mache einen kleinen Spaziergang, zu seiner Lieblingsstelle natürlich, dem paradiesischen Hintertürchen.

Am achten Tag wiederholt Gottszuckerschneckchen, dass er ein heiliges Objekt aus mir machen will.

Er tut mir weh, schrecklich weh, aber er meint es gut, das merke ich sofort. Ich lerne, den Schmerz zu ertragen, versuche sogar, ihn zu lieben. Ohne diese Operation würde ich zweifellos sterben, so weit bin ich schon hinüber. »Es sind Tränen in den Dingen«, wie ein Dichter einst sagte, also ist Eile geboten, und dieser Mönch versteht die Kunst, den Lauf der Zeit umzukehren.

Zuerst macht er mich überall mit dem Stecheisen etwas dünner, bis auf außen am Rand, so dass eine Art Rahmen entsteht. Ich bin eine einzige blutige Wunde. Was für Flüssigkeiten doch in mir stecken! All der Schleim, all die vergeudeten Tränen der Geschichte. Ich ächze, doch der Mönch spricht mir Mut zu. Dann bearbeitet er mich mit Knochenleim, ungebleichtem Kattun und Kreidemalgrund, gelöst in Wasser. Es fühlt sich an, als bestreiche er mich mit brennenden Gewürzen. Danach schmirgelt er mich. Das ist das Schlimmste.

»Sowohl für dich als auch für mich ist das eine Transformation«, sagt er. »Wir beide werden hinterher andere sein.«

Er lässt mich drei Tage ruhen. Drei Tage lang liege ich im Sterben.

Am vierten Tag zeichnet er mit Holzkohle Linien auf mich und malt ein Bild, das er schon im Kopf hat, mit Tempera- und Konturfarbe, denen er Erde und Sahne beimischt. Ich rieche vor allem den eklig beißenden Geruch von Terpentin. Um die unbemalten Stellen legt er zartes Blattgold auf.

»Wer malt«, sagt er, »geht einen Weg von der Erde zum Himmel, vom Dunkel zum Licht.«

Ich genieße es in vollen Zügen, gebe mich ihm hin. Es ist, als badete ich in warmer Milch.

Ein paar Tage später, als die Farbe auf mir getrocknet ist, bemalt er mich weiter, jetzt mit Inkarnat für die Hautpartien, gerötet mit ein paar Tropfen seines eigenen Bluts. Er gerät beinah in Ekstase.

»Ich bringe das Bild zum Leuchten«, sagt er. »Es wird ein Fenster zur Ewigkeit.«

Als ich wieder getrocknet bin, Wochen später, bekomme ich einen Firnis aus Harz.

Seither fühle ich mich jünger und kräftiger.

Ich möchte sehen, was er aus mir gemacht hat, doch Gottszuckerschneckchen – einer der wenigen Menschen, die mich offenbar wirklich hören – hebt abwehrend die Hand.

»Gratuliere nicht dem Maler«, sagt er, »denn nicht er war hier am Werk – es war der Herr selbst!«
Innerlich platzt er natürlich vor Stolz, das sieht man sofort.

In der Spiegelung der Butzenscheiben im Fenster betrachte ich meine Metamorphose.

Auf meiner Haut ist das Gesicht einer Frau mit goldfarbenem Teint abgebildet. Gottszuckerschneckchen zufolge ist das die Mutter seines Herrn. Von wegen, der ähnelt sie überhaupt nicht. Ich weiß, wie Maryam aussah, das Mädchen mit einer Nase wie eine Schanze und den ununterbrochenen Augenbrauen, die Kind-Mutter, die nach Soldaten roch und gegen ihren Willen einen Sohn trug, der gegen seinen Willen die Welt verändern sollte.

Die Frau, die auf mir gemalt ist und mich, ehrlich gesagt, mit Stolz erfüllt, denn sie ist außergewöhnlich schön, diese Frau hat slawische Züge, mit hohen Wangenknochen und einer schmalen Nase, und unter ihrem Kopftuch ist sie garantiert blond.

Das Wichtigste jedoch, was ich in der Spiegelung sehe, ist, dass sie ihre Augen fest geschlossen hält. Oder zu Boden blickt, das ist nicht ganz eindeutig.

»Sie öffnet ihre Augen nur dem«, erklärt Gottszuckerschneckchen, »der den wahren Glauben besitzt.«

Unablässig starre ich auf die Spiegelung im Fenster. Doch ohne Erfolg. Ich schiele zu Bogomil. Auch er starrt vergebens.

»Vielleicht«, sagt er, »ist der Mensch, dem ihre Augen sich öffnen, noch gar nicht geboren. Vielleicht kommt er erst in tausend Jahren zur Welt. Wenn die Menschheit dann noch existiert.«

Nächtelang starrt er mich an, bei Kerzenlicht, murmelnd, flehend, flennend manchmal, bis er erschöpft einschläft.

Der moskowitische Mönch hat recht: Ich bin etwas anderes geworden.

Man hängt mich in der Kirche auf, nicht wie einen Verbrecher natürlich, sondern wie einen Ehrengast, an einer Ehrenkordel, als heiliges Etwas. Massen von Menschen strömen herbei und wollen mich sehen, sie gaffen, lauern mit gierigem, blutunterlaufenem Blick. Sie kauen auf den Lippen und Nägeln, in der Hoffnung, dass Maryams Augen sich öffnen. Manche berühren mich und erschrecken. Ich sehe die Schlange der Begierde ihren Rücken hinabkriechen. Keiner bekommt etwas zu sehen, doch ihr Bauch füllt sich mit Schmetterlingen. Am Ende des Tages gehen sie wieder nach Hause. Die Enttäuschung über ihren Mangel an Glauben brennt in ihrem Blick. Sie wollen wiederkommen, so oft wie möglich. Jede Berührung scheint sie zu reinigen. Sie schauen dem Tod in die Augen, doch der schaut nicht zurück, noch nicht, und tief in ihrer Seele erinnern sie sich, dass es so etwas wie Unendlichkeit gibt, aus der sie einmal hervorgegangen sind und in die sie einmal zurückkehren werden. Es bereitet ihnen quälende Lust; oder lustvolle Qual.

Ich komme mit einem Objekt ins Gespräch, das jemand zufällig neben mir hat liegen lassen.

»Sag einfach Oculi«, meint das Objekt, sein vollständiger Name ist Oculi ad Legendum. Oculi ist das, was man einen Philosophen nennt. Er sieht aus wie zwei verbundene Weinglasböden und passt genau auf den Nasenrücken eines Menschen, wo er dessen trübe Augen wieder jung macht.

»Es gibt sehen und sehen«, erklärt er. »Ich helfe Menschen, Dinge wieder besser zu erkennen. Bei dir liegt der Fall komplizierter. Du bist ein Gemälde, dazu bestimmt, dass Leute dich ansehen, nicht wahr?«

»Das stimmt«, antworte ich.

»Natürlich stimmt das, aber zugleich bist du nicht einfach nur ein Gemälde, du bist eine Ikone. Das ist ein gewaltiger Unterschied. Denn nicht der Mensch sieht die Ikone an, die Ikone schaut ihn an, das ist dein philosophischer Kern. Und um es noch komplizierter zu machen, bist du, liebe Ikone, blind. Oder so gut wie. Lass dich einmal anschauen. Sind deine Augen geschlossen? Oder senkst du nur den Blick? Egal – jedenfalls bist du ein Sonderfall. Eine Ikone, die einen nicht ansieht. Wie lässt sich das erklären? Wie kann ein Blinder jemanden ansehen?«

»Keine Ahnung«, antworte ich. »Ich komme mir vor wie ein Mädchen in einem schönen Kleid. Alle betrachten das Kleid, und damit das Mädchen. Mädchen und Kleid sind eins. Ob das Mädchen nun blind ist oder nicht …«

»Du verstehst nicht, was ich meine«, fällt Oculi mir ins Wort. »Es geht nicht um das Kleid oder um dich. Es geht um das, was mit den Leuten geschieht, die dich, blindes Porträt, ansehen, wobei sie übrigens oft mich als Hilfsmittel benutzen.«

»Was geschieht denn mit ihnen?« Ich muss an das Zittern all der Menschen denken, die mich berühren.

»Manche Leute behaupten, die Frau auf der Ikone sei vom Schlaf übermannt worden. Das wäre möglich. Vielleicht schläft sie den ewigen Schlaf. Wer kann das sagen? Womöglich hat sie einen triftigen Grund, zu Boden zu blicken. Ist es Scham? Weint sie und will nicht, dass jemand es sieht? Andere Leute nennen sie entrückt. Wieder andere meinen, vor allem die Vertreter der These, dass ihre Augen nicht geschlossen sind, sondern zu Boden blicken, sie stelle das Verlangen nach dem Gesehenwerden dar, denn sie lässt die Menschen sich nach dem Moment sehnen, da ihr Blick auf sie fällt, aber das geschieht nicht. Das ist doch interessant, oder? Kannst du mir folgen?«

»Ich gebe mir Mühe.« Ich muss die ganze Zeit an Maryams Blick während der Vergewaltigung denken.

»Andere behaupten, Gott habe ihre Augen berührt und sie dürfe sie nicht mehr öffnen, weil sie jetzt dem Zustand von Adam und Eva im Paradies glichen, nachdem sie vom Baum der Erkenntnis gegessen hatten: Sie sind geworden wie Gott, sie wissen, was gut und was böse ist. Sie haben, mit anderen Worten, alles gesehen. Sie sind allwissend.«

Ich höre ihm zwar nicht richtig zu, aber mir wird unheimlich zumute!

»Wieder andere sagen, die dargestellte Frau sei gar nicht Maria, sondern Teiresias, der blinde Seher aus der griechischen Mythologie. Er war gleichzeitig Mann und Frau und sah mit seinen toten Augen die Wahrheit.«

»Ich verstehe nicht…«

»Wieder andere sagen, die geschlossenen respektive gesenkten Augen hätten die Zukunft der Menschheit gesehen. Kannst du dir das vorstellen?«

»N-n-nein…«

»Träfe dieser Blick einen Menschen, er würde auf der Stelle wahnsinnig.«

»Wahnsinnig?«

»Ja, als sähe der Mensch neben seinem Geburtsdatum, das er jedes Jahr ausgelassen feiert, plötzlich ein zweites aufleuchten. Mit anderen Worten, der tragische Untergang der Menschheit ließe nicht mehr lang auf sich warten.«

»Nicht mehr lang?«

»Jemand anders schließlich vertritt die These«, fährt Oculi fort, »dies sei keine Abbildung der Urmutter, sondern sie selbst, beziehungsweise ihre höchstmögliche materielle Emanation. Sie habe gewissermaßen nur existiert, um diese Abbildung möglich zu machen. Je länger ihre Augen geschlossen blieben, desto mehr denke der Mensch an das Sehen. Dargestellt sei hier das Sehen selbst, weil genau das auf dem Bild ausgespart wird. Ein in die Zukunft verschobenes Sehen gewissermaßen, oder die Erinnerung daran. Oder die Hoffnung darauf.«

Ehrlich gesagt, macht mir Oculi Angst. Obendrein verfällt er nach seinen philosophischen Ergüssen mit einem Mal in völlig idiotisches Schweigen.

Ich wende mich ab. Zumindest hat Oculi mir genug Stoff zum Nachdenken gegeben, sollte ich noch einmal tausend Jährchen im Moor zubringen müssen.

Aber ich will mir den Kopf jetzt nicht mehr zerbrechen und vor allem stolz auf mich sein. Schau, Jeschua, das müsstest du sehen: Das auf meiner Haut ist nicht wirklich deine liebe Mama, aber was für eine irre Tätowierung!

Kurz nachdem Gottszuckerschneckchen mich in ein heiliges Objekt verwandelt hat – meine schönste Transformation bisher –, beschließen Gutgeboren und er, mich in ihre Heimat mitzunehmen, das rätselhafte, legendenumwobene Russland. Die Tataren hätten sich teilweise zurückgezogen, meint Gottszuckerschneckchen, aber woher will er das wissen? Ich denke, die Mönche haben vor allem Heimweh.

Die Reise ist lang, und wir müssen viele Umwege machen, denn in verschiedenen Gegenden Europas herrscht Krieg.

Als wir Russland endlich erreichen, irgendwo in den nördlichen Provinzen, sehe ich vor allem rauchende Felder, Wälder voll Birken wie riesige Kerzen und endlose Grasflächen. An einem Fluss verläuft die silberweiße Mauer eines Klosters. Zwischen den Lärchen lugen Türme hervor, gekrönt von Zwiebeln aus goldbrauner Seide, glänzend wie böhmisches Glas. Auf dem höchsten Turm prangt ein Kreuz. Unter zwei horizontal verlaufenden Querbalken befindet sich ein weiterer kleiner, schräg zulaufender Balken, über den Engel zur Erde hinabgleiten.

Hier sind Bogomil und Jewgeni zu Hause.

Sie geben mir einen festen Platz in einer warmen Nische. Es ist ein Gefühl, als sei auch ich endlich angekommen, als hätte ich meine Bestimmung zu guter Letzt doch noch gefunden. Nur in Russland, denke ich, kann man auf diese Weise nach Hause kommen.

Ein barfüßiger Mönch auf Durchreise mit ebenso farbbekleckerten Fingerspitzen wie Gottszuckerschneckchen schaut mich lange an, wie noch kein Mensch mich je angesehen hat. Er berührt mich nicht, doch offensichtlich geht ihm ein Schauder durch den Körper.

Er küsst Bogomil und sagt: »Bruder, solche Augen habe ich noch niemals gesehen.«

Als der barfüßige Mönch fort ist, hört man von überall die Gebete aus Dörfern und Kirchen.

»Wer war dieser Mann?«

»Ein junger Mönch aus Sergijew Possad.«

»Ein Verrückter?«

»Ein heiliger Tor?«

»Ein Ikonenmaler, Schüler byzantinischer Meister.«

Sein Name schallt über die schwarze Erde.

Gottszuckerschneckchen beschließt, nie mehr Ikonen zu malen.

Ich hänge in meiner warmen Nische. Aus der Welt draußen, die sechs Monate pro Jahr unter Schnee begraben liegt, kommen immer mehr Menschen: Hunderte, Tausende, alle wollen mich berühren und küssen. Bauern, Leibeigene, Händler, Fischer, Nonnen, Hausfrauen und Mütter, Prinzessinnen – alle erfüllt von einer grausigen Lust. Ihre Wärme durchströmt mich, die Glut ihrer sich verschwendenden Lippen. Sie stellen sich vor mich hin und bitten um Hilfe. Sie wissen, dass Maryam nichts für sie tun kann, solange ihre Augen geschlossen sind, aber sie fühlen sich nicht gekränkt. Sie versprechen, sich noch mehr Mühe zu geben, sich noch tiefer zu demütigen, und fallen auf die bloßen Knie.

Jemand fragt: »Wer war dieser Mönch, der sagte, er hätte noch nie solche Augen gesehen?«

»Andrei Rubljow«, hallt es über die Steppe.

Ich rufe den Menschen zu: »Sünder aller Länder, vereinigt euch!«

Und sie kommen: Ehebrecher, Onanisten, Sodomiten, Huren und Hurenböcke, Vergewaltiger, Wüstlinge und Knabenschänder, Alchemisten, Gotteslästerer, Hühnerficker und Hexen, Zauberer und Säufer, gefolgt von Spannern, Nymphomaninnen, Hochmütigen, Habsüchtigen, Fluchern und Spielern, und als ob das alles noch nicht genug wäre, machen auch Mörder, Teufelsanbeter, Pharisäer, Diebe, Spione, Barbaren und Geldgierige mir ihre Aufwartung, fast die gesamte Menschheit also, und alle berühren mich mit ihren Lippen, sie küssen mich und reden mit mir, sie schauen mich an und schwatzen, als wäre ich ein Spiegel, ein Spiegel des Todes, gereinigt mit dem Blut ihres Herrn, als könnte ich ihnen Trost spenden oder ein zweites, reineres Leben gewähren, oder Gnade oder das Minimum an Liebe, das sie in ihrem armseligen Dasein nicht finden, oder Stille, ja, eine versöhnliche Stille, die das Rasen ihrer sündigen Seelen besänftigt, ein Zurruhekommen des Geistes, eine Stille als süßer Vorbote des Todes, der langen Ruhe des Jenseits.

Eines eisigen Morgens donnert es am Horizont.

»Wer in den Fluss fällt«, sagt eine junge Witwe, »greift nach einem Strohhalm.«

»Für welche Sünde«, fragt ein Bauer, »werden wir derart bestraft?«

Wie ein Fleck erscheinen sie am Horizont, die Christen fressenden Nachfahren des Dschingis Khan. Ihre Säbel spalten wie Blitze. Vom Hufschlag ihrer Pferde stockt jedem Sterblichen der Atem.

Der Fleck wird zu Peitschen, Schlitzaugen, eiskalten Schatten. Ich habe im Leben schon mehr Soldaten gesehen, aber diese ... diese Männer *lachen* ununterbrochen. Auf wen ihr Blick fällt, der ist verloren. Sie durchkämmen die Wälder und stechen den Fliehenden die Augen aus. Nachts heulen sie wie Hyänen.

Die Gläubigen suchen Zuflucht in der Kirche. Die Kerzen in ihren Händen – hat der Pope gesagt – dürfen nicht erlöschen.

Gottszuckerschneckchen verbirgt mich unter seiner Kutte. Gutgeboren nimmt einen Schluck aus der Feldflasche, die er immer dabeihat.

Der Anführer der Mongolen lässt das Tor einrammen und reitet in die Kirche. Die Hufe seines Pferds sprengen die Granitplatten auf den Gräbern der Mönche.

»Warum«, fragt der Hauptmann in tadellosem Russisch und nach wie vor lächelnd, »betet ihr Christen eine Jungfrau an, die ein Kind geboren hat?«

Niemand antwortet.

»Oder wisst ihr etwa nicht, was eine Jungfrau ist?«

Seine Männer lachen.

Ich will etwas sagen, denn ich kenne die Wahrheit, aber niemand würde mich hören, also schweige ich und versuche, meine Angst zu unterdrücken.

Der Hauptmann dirigiert sein Pferd vor eine kniende Frau. Er nimmt ihr die Kerze ab und steckt ihre Haare in Brand. Im nächsten Moment ist die Frau eine brüllende Fackel.

»Die Kerze darf nicht erlöschen«, lacht der Hauptmann.

Seine Soldaten reiten jetzt ebenfalls in die Kirche. Unter ihnen auch Russen ohne Schlitzaugen, junge Burschen, die vor die Wahl gestellt wurden: sich der Armee anschließen oder sterben. Die sind am grausamsten. Sie verstümmeln ihre Opfer, ohne sie zu töten. Junge Frauen nehmen sie mit in ihr Zelt, wo sie sie zu mehreren vergewaltigen, bis sie verbluten. Mit Schaudern denke ich an den stummen Schrei, als die Soldaten sich an Maryam vergriffen.

Ein Familienvater, der fleht: »Warum tut ihr uns das an? Sind wir nicht alle Russen?«, wird an eine Säule gebunden und bekommt kochenden Teer in den Rachen gegossen.

Einem Priester, der sagt: »Russland hat schon so viel Elend erlebt – nimmt das denn niemals ein Ende?«, wird die Zunge abgeschnitten. Sie binden ihn mit den Füßen an ein Pferd und geben dem einen Schlag auf den Hintern, so dass es in vollem Galopp davonstiebt.

Eine Mutter, die das Haar ihrer toten Tochter zum Zopf flicht, wird mit dem Säbel mitten entzweigehauen.

Gutgeboren nimmt noch einen Schluck und will sich schon wutschnaubend auf die Barbaren stürzen, als

Gottszuckerschneckchen ihn zurückhält. Er zieht den Bruder am Ärmel und nutzt den Tumult, um sich mit ihm in eine vergessene, nach Leichen stinkende Krypta zu flüchten. Gutgeboren bebt wie Espenlaub, Gottszuckerschneckchen klopft das Herz bis zum Hals. Er drückt mich an seine Brust. Das Zittern seines Körpers geht mir durch und durch. Lange verharren wir mucksmäuschenstill. Über uns wird alles in Trümmer geschlagen. Wir hören viehisches Schreien.

»Vielleicht ist das eine Krankheit«, flüstert Gottszuckerschneckchen, »man fängt an zu vernichten und kann nicht mehr aufhören.«

»Vater im Himmel«, betet Gutgeboren nach einem neuen Schluck, »ich weiß, dass ich deine Gebote gebrochen habe und durch meine Sünden von dir getrennt bin, aber jetzt bitte ich dich: Schick deinen Heiligen Geist, damit er deinen Diener Jewgeni errettet.« Er denkt kurz nach. »Und natürlich auch meinen Mitbruder hier, Gottszuckerschneckchen.«

In der Kirche über uns hören wir das Feuer lodern und knistern. Es wird immer heißer, und durch die Ritzen der Krypta dringt Rauch. Gottszuckerschneckchen rafft seine Kutte, pinkelt auf seinen Ärmel und drückt sich den an die Nase, um nicht zu ersticken. Der Pissegeruch erinnert mich an das Terpentin, mit dem er die Farben anrührte, als er mich bemalte. Gutgeboren benutzt zum Nassmachen des Stoffs den Inhalt seiner Feldflasche.

Erst als alle Geräusche verstummt sind, Stunden später, wagen wir uns wieder hervor, mehr tot als lebendig. Gottszuckerschneckchens Gesicht ist klitschnass.

»Ich danke dir, himmlischer Vater«, singt Gutgeboren erschöpft, »für deine Gnade, ich danke dir, Herr des Himmels und der Erde.«

Eine Weile irren wir durch die verbrannte, menschenleere Landschaft. Hunde lecken an Leichen, als könnten sie sie damit wieder zum Leben erwecken.

Gottszuckerschneckchen bedeckt mich mit seiner Kutte, damit ich nicht zu sehen brauche, was er sieht.

Kurz darauf sterben die beiden, weil sie Wasser aus einem Fluss getrunken haben, in dem unzählige verwesende Leichen trieben.

Vor ihrem Tod sprechen Bogomil und Jewgeni noch ein Gebet – merkwürdig und rührend, weil sie es an mich richten. Sie beten: »Begib dich zu den Barbaren, um ihnen die Augen zu öffnen, auf dass sie von der Dunkelheit zum Licht finden und von der Macht Satans zu Gott.«

Sie küssen mich mit ihren schwarzen, bereits erkalteten Lippen.

»Möge irgendwann jemand deine schönen Augen sehen«, flüstert Gottszuckerschneckchen noch.

Ich liege in den schwelenden Trümmern einer Kirche am Fluss. Um mich herum alles tot. Auf dem silbrigen Wasser treibt ein Floß mit einer brennenden Kerze neben einer Leiche. Die heiligen Bücher verglühen. In der Ruine beginnt es zu schneien.

Mein Schrei gellt durch die unendliche Leere.

Als er von den Ereignissen hört, kommt der barfüßige Mönch aus Sergijew Possad zurück. Hat er als einziger

Sterblicher mein verzweifeltes Schreien gehört? Anders kann ich mir nicht erklären, wie er mich zwischen den Leichen und Trümmern hat finden können.

Nach dem Abzug der Barbaren, die ja jeden Moment wiederkommen konnten, war ich mir sicher, jetzt sehr bald zu sterben. Lange dachte ich darüber nach, wie das geschehen und was Totsein für mich bedeuten würde. Bei einem Menschen oder einem Tier ist das eindeutig, aber bei einem *Ding*?

»Hier wird nicht gestorben«, sagt Andrei Rubljow zu mir, »im Gegenteil, wir machen eine Reise.« Er wischt den Schmutz von mir ab, steckt mich in seine Tasche und nimmt mich mit nach Moskau.

Ich lebe! Und wir reisen nach Moskau!

Andrei Rubljow singt gern, nicht wie Gutgeboren, der merkwürdige Vogel, laut und angeberisch, sondern leise, beinah unhörbar. Er spricht mit seinen Engeln, mit Gegenständen und Toten. Mit den Engeln diskutiert er über seine Leidenschaft für Farben. Einem verwüsteten Haus spricht er Mut zu. Leichen streichelt er wie Geliebte. Er sagt, die Toten lächelten ihm zu.

Mir kommt nicht in den Sinn, ihn zu fragen, ob er Maryams Augen wirklich gesehen hat (jetzt, wo ich es erzähle, schon). Es ist, denke ich, auch unwichtig. Wie hat Oculi das gleich wieder genannt: das in die Zukunft verschobene Sehen oder die Erinnerung daran. Oder die Hoffnung darauf. Andrei ist wie Oculi, nur eben ein Mensch, und er spendet Trost.

Andrei macht ein Lagerfeuer neben einem Bauern-
hof und isst Pilze, die er im Wald gefunden hat. »Jeder

Mensch ist unsterblich«, sagt er, »wie auch alle Dinge. Es gibt keine Dunkelheit, keinen Tod auf der Welt. Zukunft und Vergangenheit finden gleichzeitig im Hier und Jetzt statt.«

Er führt oft laut Selbstgespräche. Er sagt, dass die Welt – oder die Welt, wie sie der Mensch bisher kennt, denn ständig werden neue Regionen entdeckt –, dass diese Welt samt den unentdeckten Regionen sowie den unendlichen Fernen am nächtlichen Himmel, dass dies alles gewissermaßen in einer Luftblase schwebt, zusammen mit der Zeit, so dass alles sich gleichzeitig abspielt. Vergangenheit, Gegenwart und Zukunft vollziehen sich im selben Moment, in einem gewaltigen, ewigen Jetzt. Zeitreisen sind also absolut möglich, und der Tod hat keine Bedeutung.

Ich lausche gern seinen Gesprächen mit sich selbst und den Dingen.

In Moskau malt er ununterbrochen. Während der Arbeit durchlebt er alle Stadien des Glücks und der Verzweiflung. Ab und zu seufzt er und schaut in meine Richtung. Lässt sein Glaube ihn im Stich? Sehe ich Ratlosigkeit in seinen Augen? Manchmal erkenne ich Jeschuas Blick. Ach, Jeschua, du, der die Welt in eine neue Zukunft führen sollte, du warst selbst ein ewiger Zweifler. Jetzt mustert Andrei mich mit einem Blick, als wolle er Mut aus mir schöpfen. Er berührt mich. Er schaudert.

»Gib nicht auf«, sage ich, »lass mich nicht im Stich.«

Dadurch, dass ich ihm Mut machen kann, tröstet er mich. Wir sind miteinander verwachsen. Wir stützen uns gegenseitig.

Nachdem Andrei Rubljow die Wände der Kirche im Palast des Großfürsten bemalt hat, lässt der ihn zu sich rufen.

»Komm näher«, sagt er, »damit ich dir die Augen ausstechen kann.«

Ihm die Augen ausstechen?!

»Was du gemalt hast, Vater Andrei«, sagt der Fürst, »ist einzigartig. Der Einzige, der dir dies nachmachen könnte, bist du, aber dann wäre meine Kirche nicht mehr einmalig. Darum muss ich dich jetzt blenden.«

»Ich füge mich Eurem Wunsch«, sagt Andrei Rubljow zu meinem Erstaunen.

»Betrachte dies nicht als Strafe«, sagt der Fürst, »sondern als eine Belohnung.«

Andrei geht zum Thron und bietet dem Herrscher sein Gesicht dar. Der lässt sich von einem Diener einen Dolch reichen. Kurz bevor er zustechen kann, sagt Andrei schnell: »Nur eine Bitte habe ich, Herr, bevor Ihr mir meinen Lohn gebt.«

»Du bist der beste Maler, den Gott je erschaffen hat, barfüßiger Vater Andrei. Du darfst alles von mir verlangen. Nur nicht den Verzicht auf deine Belohnung.«

Andrei holt mich zum Vorschein. Bisher habe ich verängstigt unter seiner Kutte gesteckt.

Der Herrscher kneift seine schiefergrauen Augen zusammen.

»Das hier hast nicht du gemalt, Rubljow, aber es ist nicht schlecht, gar nicht schlecht.«

»Was lest Ihr in den Augen der Mutter Gottes?«

»Aber ihre Augen sind doch zu!«

»Das ist richtig und auch wieder nicht«, erwidert

Andrei. »Da Ihr ihre Augen nicht sehen könnt, sie mit anderen Worten Euch ihre Augen verschließt, jedenfalls vorläufig, da Ihr also noch nicht stark genug glaubt, wird, wenn Ihr mich blendet, Euer Schicksal ein noch schrecklicheres sein.«

Der Fürst packt Andrei beim Kragen, so dass ich fast auf den Boden knalle.

»Entweder Gott hat dich Teufel erschaffen, um mich zum Narren zu halten, oder du bist ein Allwissender, ein Heiliger.«

»Ich bin ein Mensch, mein Fürst, mit mehr Verzweiflung als Glauben und mehr Kummer als Talent.«

»Aber hast du die Augen der Gottesmutter *gesehen*? Sag, wie sieht sie aus? Nimm mich nicht auf den Arm, oder ich schneide dir die Kehle durch!«

»Ein Heiliger ist kein Allwissender«, erwidert Andrei. »Ich weiß weder etwas über Gott noch über den Teufel, ich weiß nichts. Ich weiß bloß, dass der Mensch seine Phantasien nur allzu oft mit der Realität verwechselt. Und ich weiß, was für eine Folter das Malen oft ist.«

Mein lieber Mann, der traut sich ja was! Was für ein Manöver! Solch einen Ton anzuschlagen, einem der mächtigsten Herrscher der Welt gegenüber! Andrei schaut mich an und beschreibt Maryams Augen. Er beschreibt sie, als hätte er sie wirklich gesehen.

Dem Fürst fällt der Dolch aus der Hand. Er umarmt Andrei, murmelt ein Gebet und lässt Wein bringen.

Wieder einmal bin ich gerettet.

Der Regent fordert mich als Geschenk für seine Sammlung.

Mit einem Kuss nimmt Andrei Abschied von mir. So lange ich lebe und was auch immer mir noch bevorsteht, der Abdruck seiner Lippen wird mir stets kostbarer sein als ein Juwel.

———

Das Land steht in Flammen, die ganze Welt, höre ich, doch der Fürst sorgt hervorragend für mich. Er bringt mich in einen Keller, den er unter dem Kreml hat bauen lassen und der völlig aus Stein ist (die meisten Gebäude in Moskau sind aus Holz), so dass seine Schätze vor Dieben und Feuer geschützt sind. Niemand weiß von der Existenz dieses Gewölbes, bis auf den Fürsten natürlich und die Arbeiter, die es erbaut haben, doch ich bin sicher, dass er denen längst die Augen ausgestochen hat oder sie einfach hat umbringen lassen. Dieser Raum ist zweifellos einer der geheimsten Orte der Welt. Wie man hört, sollen Arbeiter, die bei Ausschachtungsarbeiten zufällig auf ihn gestoßen sind und die Schätze sahen, erblindet sein; der fürstliche Dolch war für sie nicht mehr nötig.

Ich befinde mich in Gesellschaft illustrer Objekte und Manuskripte, und ich selbst bin ja auch nicht bloß irgendwer, oder? Wir Schätze erzählen einander aus unserem Leben, wir machen Witze und tauschen Anekdoten aus, eigentlich ist es hier ganz gemütlich. Am meisten aber reden wir im Lauf der Jahrzehnte darüber, wie wir hierhergekommen sind. Das Manuskript der *Odyssee* von Homer zum Beispiel war ein Geschenk des

Patriarchen von Konstantinopel, der es im letzten Moment aus den Händen der Osmanen rettete, als die die kaiserliche Bibliothek dort in Brand steckten. Es liegt hier in einem Regal und sieht heruntergekommen aus. Der Papyrus hat Stockflecken, und es riecht merkwürdig. Im Übrigen ist es wenig mitteilsam.

Daneben liegen die gesammelten Werke des Aristoteles aus einer Bibliothek in Alexandria, ein mächtiger Stapel von Buchrollen, die sich der Fürst mehr oder weniger unrechtmäßig angeeignet hat, als er Ägypten bereiste.

Was sonst noch? O ja, eine Kupferplatte, die zu den rund neunhundert Schriftrollen vom Toten Meer gehören soll, beschrieben auf Hebräisch zu *meiner* Zeit, als ich noch ein Olivenbaum war oder kurz darauf. Wie die Platte hierhergekommen ist, versteht niemand. Ebenso wenig die Aufschrift. Es sieht aus wie eine Adressenliste.

Ansonsten gibt es Schriften auf Chinesisch und in anderen vollkommen unentzifferbaren Sprachen. Offenbar ist unser Fürst sehr geschickt darin, kostbare Kulturgüter an sich zu bringen, um sie dann für alle künftigen Generationen am allerunauffindbarsten Ort zu verstecken. Großzügig kann man ihn nicht gerade nennen.

Wir behelfen uns mit Gebärdensprache, doch zum Glück sind einige von uns geübt im Simultanübersetzen, wie etwa ein Wandteppich aus der Villa des Dante Alighieri, den der Dichter einem der Vorfahren des heutigen russischen Regenten geschenkt haben soll.

Wie schon gesagt, ist die Stimmung bei uns gar nicht

schlecht, nur ab und zu gibt es Spannungen – und leider Gottes bin ich deren Anlass. Der Fürst hat nämlich eine Schwäche für mich. Er verhehlt die auch gar nicht, jeder sieht es, er vergöttert mich, ich bin sein Herzensding.

Den gelehrten Buchrollen macht die herrscherliche Vorliebe für mich nicht so viel aus, den anderen Objekten der Sammlung dafür umso mehr. Das Erste, das sich darüber entrüstet, ist Jeschuas »Praeputium«. Woher soll ich wissen, was ein Praeputium ist? Bis das Objekt mir erklärt: »Sag einfach Vorhaut, Vorhaut Christi, um genau zu sein.«

Ich muss an den nackten Jeschua denken, wie er als junger Mann unter mir im Schatten lag. Eine Vorhaut hatte er schon damals nicht mehr (am achten Tag nach seiner Geburt hatte man ihm die abgetrennt), aber nie habe ich mir darüber Gedanken gemacht, was nach der Beschneidung mit dem göttlichen Fitzelchen geschehen sein könnte. Jemand muss es aufhebenswert gefunden und umso hingebungsvoller verwahrt haben, als Jeschua zum Himmel aufgefahren sein sollte, womit es das einzige Stück von ihm war, das auf Erden zurückblieb. Unser russischer Fürst muss es auf einem seiner Beutezüge gefunden und sofort als heiliges Objekt für seine Sammlung requiriert haben. Nun, hier ist es!

»Vorhaut Christi also, angenehm«, sagt sie zu mir. Sie treibt in einem Bauchglas mit Alkohol wie ein uralter Fisch, und ich merke, dass sie ziemlich leicht pikiert ist.

Sie sagt zu mir, dass sie die Vorzugsbehandlung, die der Fürst mir angedeihen lässt, höchst unpassend findet.

Zuerst höre ich nicht hin, aber sie nörgelt immer weiter.

»Ich bin wenigstens ein Originalstück«, sagt sie, »und was für eins, du bloß die Abbildung der Mutter meines Besitzers, eine Mutter, die dazu auch noch blind ist. Dabei waren ihre Augen perfekt. Sie sah auch ganz anders aus.«

Plötzlich höre ich aus einem Korb eine Stimme: »Nur gut, dass die Mutter deines Besitzers dich nicht dauernd direkt vor der Nase haben muss.« Das war der Zehennagel des heiligen Franziskus. (Wir halten ihn eigentlich für einen Zehennagel des Fürsten, dem seine hochwohlgeborene Herkunft zu Kopf gestiegen ist.) »Gib zu, Praeputium«, höhnt Zehennagel, »das ist doch eine Zumutung: als Mutter dauernd auf das halb abgehackte Geschlechtsteil ihres erwachsenen, toten Sohnes starren zu müssen! Immerhin gut, dass du sagst, wer du bist, sonst käme keiner darauf. Wenn dein Fall nicht so traurig wäre, ich würde darüber lachen.«

»Es ist überhaupt nichts abgehackt«, empört sich Vorhaut Christi, »man hat mich rituell entfernt, wie die jüdische Tradition es vorschreibt. Ich bin ein Juwel, ein Kleinod. Du hast es übrigens grad nötig, von abhacken zu sprechen, du bist der überflüssigste und abgeschmackteste Körperteil eines Irren, der mit den Vögeln geredet und sein Leben lang nicht mal anständig gebadet hat.«

»Jeschua wäre lieber Zimmermann geworden oder Schauspieler«, sage ich. Es tut nichts zur Sache, aber damit hoffe ich, die Situation ein wenig zu beruhigen.

Es herrscht also Unfrieden und Neid unter den Objekten, genau wie unter den Menschen. Als die Wogen der

Diskussion wieder einmal beängstigend hochkochen, bitten wir das Bruchstück von Moses' Gesetzestafeln um Hilfe. Es hat einen angeborenen Gerechtigkeitssinn.

»Du sollst nicht streiten und keifen«, beendet es kategorisch unseren Disput, und wir alle schweigen betreten.

Worin besteht meine Vorzugsbehandlung?

Mehr denn je wird der Fürst von krankhaftem Misstrauen und religiösen Wahnvorstellungen geplagt. Er ist fest davon überzeugt, dass ich ihm helfen kann. Sogar seine notorischen Krankheiten soll ich heilen: Gicht, Arthritis, entzündetes Zahnfleisch, Verstopfung, Impotenz und was weiß ich noch alles. Alles, was er sagt oder tut, ist gewissermaßen von seinem Schmerz durchdrungen.

Um vier Uhr in der Früh steht er auf mit den Worten: »Ich. Bin. Die. Hand. Gottes.«

Zum Frühstück trinkt er seinen eigenen frisch gelassenen Urin. Der soll seine Zähne weiß halten und seine Halsschmerzen heilen. Dann lässt er seine Leibwache anrücken, gut dreihundert Mann. Er hält eine flammende Rede, in der er ihnen ihre Bedeutung als Hüter des wahren Glaubens einschärft, und liest eine Liste der Mitarbeiter vor, die er nicht mehr benötigt. Zu diesen Mitarbeitern zählen brillante Berater und nächste Angehörige. Sie werden an Händen und Füßen gefesselt und unverzüglich enthauptet.

Danach erst beginnt der eigentliche Tag des Fürsten. Jede Sekunde steht im Zeichen von Furcht und Neid, und das heißt: Feuer und Mord. Seine Soldaten sind schwarz gekleidet wie Mönche. Sie binden Hundeköpfe mit Zähnen wie Dolche an die Mähnen ihrer Pferde und schwenken Fahnen, die die Pferde der Apokalypse als Emblem tragen. So ziehen sie Schrecken verbreitend durchs Land. Wer nicht gehorcht, wird auf Kohlen geröstet, aufgespießt, entmannt, gevierteilt oder mit einem glühenden Eisen anal penetriert.

Der Fürst steckt mich als Talisman in eine weite Manteltasche. Er betet zu mir und fleht mich an. Die Leichen füllen die überquellenden Flüsse, die noch weiter anschwellen und über die Ufer treten.

Ich will sterben vor Kummer. Die Hand Gottes betet um ein langes Leben. Ich hoffe, dass er so schnell wie möglich verreckt.

Auch nachts gönnt er mir keine Ruhe. Nach seinen Raubzügen bringt er mich in die unterirdische Kammer, von der ich schon erzählte, aber weil er nicht schlafen kann, holt er mich wieder heraus. Ich sehe Vorhaut Christi in ihrem Glas herumschwimmen, grün vor Neid. Mir graut vor dem, was mir bevorsteht. Der Fürst nimmt mich mit in sein Bett und lauscht einem blinden Geschichtenerzähler, der ihn in den Schlaf fabulieren soll.

Manchmal sieht er mich an, als wollte er sagen: »Gefällt es dir? Oder findest du es genauso öde wie ich? Was sollen wir mit dem Scharlatan machen?«

Wenn ich ein Mensch wäre, ich würde mich umbringen.

Der Fürst findet alles öde, er verprügelt den blinden Erzähler und lässt ihn in den Kerker werfen. Er drückt mich an sein schweißnasses Nachthemd und starrt mich an. Er greift nach dem Dolch, den er immer dabeihat, für den Fall, dass einer seiner Feinde in sein Schlafzimmer einbricht. Er bedroht mich. Er sagt, Gott habe ihm den Auftrag gegeben, mich zu verstümmeln. Er wolle meine Lider aufschneiden, um den Blick der Mutter Gottes zu sehen.

Er verflucht mich und bittet sofort um Verzeihung.

Er bespuckt mich und küsst mich.

Wie gern würde ich auf diese Vorzugsbehandlung verzichten!

»He«, sage ich zu Vorhaut Christi, »hör auf, dauernd so beleidigt herumzuschwimmen, es ist nicht, was du denkst.« Doch Vorhaut ist bockig und glaubt mir nicht.

Als das Land zum x-ten Mal in Brand gesteckt wird, diesmal von aufrührerischen Krim-Tataren, und die meuternden Truppen sich weigern, ihren Herrn weiter zu schützen, beschließt er, mich in ein Kloster weit außerhalb Moskaus zu bringen.

Über das Los meiner Freunde in der unterirdischen Kammer – am liebsten würde ich sie alle umarmen und mitnehmen, selbst Vorhaut Christi – erfahre ich nichts, aber ich befürchte das Schlimmste.

Zusammen mit Hunderten anderen Ikonen, alles Geflüchtete, befinde ich mich im steinernen Gewölbe eines Klosters. Wir stehen tausend Ängste aus. Sobald wir das schallende Gelächter der Tataren hören, fangen wir an, um einen möglichst schmerzlosen Tod zu beten.

Jeder Angriff verläuft nach dem gleichen Muster. Sie ermorden die gesamte Bevölkerung und segnen den eroberten Ort mit Fackeln, denn ihr Gott ist das Feuer. Das steinerne Gewölbe schützt uns, aber oft wird die Wand so heiß, dass die Farbe auf meiner Haut Risse bekommt.

Manchmal raubt dicker Rauch uns den Atem. Manchmal träume ich, dass nichts mehr von mir bleibt als eine Handvoll erkalteter Asche.

Eines Morgens entdecken sie unser Gewölbe. Die Barbaren stehen Auge in Auge mit uns wehrlosen, nackten Greisen, den letzten Vertretern einer untergehenden Kultur. Die rote Glut des Todes tanzt auf unserer Haut. Das schallende Gelächter ist ohrenbetäubend.

»Haut ab, ihr Bestien«, rufen wir stumm, »lasst uns in Ruhe, schert euch in euer eigenes Nest!«

Der Anführer hebt seine Hand. Das schallende Gelächter verstummt. Die Stille ist noch beklemmender. Eine nach der anderen betrachtet er uns, als hätte er noch niemals Ikonen gesehen. Er hält uns für Götter – nicht für deren Abbildungen, sondern für die lebendigen höheren Wesen selbst.

Sobald er mich sieht, kommt er ins Grübeln. Er vergleicht mich mit den anderen, flüstert seinem Kumpan etwas ins Ohr, nickt, grinst, schüttelt den Kopf, kneift ihm in die Wange, brummt.

Ich weiß, was er denkt: »Diese Götter starren mich an. Sie schlagen die Augen vor uns nicht nieder, erweisen uns nicht den geringsten Respekt. Sie haben Strafe verdient. Warum schauen sie nicht weg? Flehen nicht um Gnade? Sie halten sich wohl für etwas Besseres!«

Sein Blick durchbohrt mich wie ein Nagel. Er denkt: »Nur das eine, das mit den geschlossenen Augen!«

Der Augenblick vor dem Tod ist der längste.

Ein Befehl, und Flammen schießen empor. Die Ikonen stöhnen.

Aber schon fliege ich, fliege über die Steppe. Mich haben sie mitgenommen. Hinter mir am Horizont sehe ich das Kloster, es brennt, mit all den anderen nackten Greisen darin. Das Gestöhne hallt durch meinen Kopf. Ich kann die kalte Asche schon riechen.

Wer von uns hat es besser?

Der, der niemals das Licht sah.

Am selben Abend noch hänge ich an einem Baum am Lagerfeuer. Die Barbaren nagen an totem Fleisch und werfen scheele Blicke auf mich. Sie stinken. Sie singen und beschwören, begleitet von zitherartigen Instrumenten, ihre toten Vorfahren. Sie fragen sich, was für ein Gott ich wohl bin. Sie wollen mich ins Feuer werfen, aber gleichzeitig haben sie Angst vor mir.

Früh am Morgen nehmen sie mich mit auf eine weite Reise, durch menschlichen Dreck, der wie eine Kruste die Erde bedeckt. Um mich loszuwerden, verkaufen sie mich auf dem Markt.

So gelange ich auf die Route der Karawanen, die Straße der Seidenhändler.

KAPITEL VIER

von islamischen Schülern,
Geschichten, die die Gottheit mehr
interessieren als Gebete,
einem ungeladenen Gast und der
unerreichbaren Versöhnung

ICH gehe durch zahllose Hände, so schnell, dass ich sie nicht mehr zu zählen vermag und die Gesichter, die zu den Händen gehören, vergesse. Reisende kommen und gehen, und das Einzige, was mir in Erinnerung bleibt, sind die Eselspfade durch Dörfer, über gefährliche Gebirge und Kriegsgebiete. Die Lasttiere transportieren nicht nur Satin, Diamanten, Papier, heilpflanzlichen Rhabarber, Schießpulver und Seide von einer Region in die andere, auch Geschichten von Menschen verbreiten sie weit über die Grenzen der Zeit.

So sammle ich neue Abenteuer.

Eines Tages besucht ein andalusischer Gelehrter namens Abbud auf seiner Reise durch Süditalien einen befreundeten Bankier. Dieser hat mich einige Monate zuvor auf einem Markt erworben, auf dem Händler der Seidenstraße ihre Ware feilbieten, und jetzt hänge ich als Prunkstück in seiner Villa.

Abbud ist ein hochgewachsener Mann mit sonnengebräunter Haut, Stupsnase und einem rabenschwarzen Walrossschnauzer. Er trägt einen orangefarbenen Kaftan und auf dem Kopf eine weiße Takke, die islamische

Gebetskappe. Trotz seines noch jugendlichen Alters (ich schätze ihn auf kaum dreißig), betrachtet man ihn als Autorität, die man in schwierigen philosophischen Fragen gern als Schiedsrichter hinzuzieht.

Er ist – so höre ich während seiner Gespräche mit dem Bankier – ein Bewunderer von Ahmad Ibn Ruschd, auch genannt Averroës, einem arabischsprachigen Universalgelehrten, der fast drei Jahrhunderte zuvor in Cordoba lebte und schon seinerzeit einer der großen Geister Europas genannt wurde, trotz seiner umstrittenen Versuche, die antike Philosophie mit dem Islam zu versöhnen.

Abbud ist von den geschlossenen Augen Maryams sofort fasziniert, schließlich ist sie die Mutter eines seiner Propheten. Als er mich berührt, geht ein Ruck durch seinen Körper. Schweiß perlt auf seiner Stirn, ein Schauder läuft ihm den Rücken hinunter, und er stöhnt wie unter einer beglückenden Pein. Er will mich um jeden Preis kaufen. Lange verhandelt er mit dem Bankier über den Preis, zahlt eine phantastische Summe und nimmt mich mit in seine Heimatstadt Granada, wo er als Lehrer im Palast einer reichen Familie angestellt ist.

So lande ich auf einer Truhe in Abbuds andalusischem Studierzimmer, dessen Decke mit Sternschnuppen übersät ist und dessen Wände eine Holzvertäfelung schmückt. Wenn er an seinem Schreibtisch sitzt, schaut Abbud immer wieder zu mir. Manchmal berührt er mich und erzittert wie unter einer verbotenen Lust.

Ich fühle mich in den Sälen des Palasts voller Spiegel und Brunnen sofort wohl, und mich überkommt der schwärmerische Gedanke, der wohl jeden überkommt, wenn es ihm irgendwo gut geht: Ich will hier nie wieder weg!

Neben mir auf der Truhe liegt Abbuds Sammlung Oculi, die mir von den Büchern erzählen, bei deren Lektüre sie Menschen geholfen haben – Büchern über unglaubliche Welten in den Tiefen des Alls, doch auch über die Kunst des Goldschmiedens und sogar über die Abenteuer der Geschlechtsorgane, denn kein Aspekt der menschlichen Existenz darf unbeleuchtet bleiben, und scheint er noch so tabu.

»Übrigens«, philosophiert eine der Sehhilfen, »wurden wir ja gerade erfunden, um die halbblinden Sterblichen näher zum Sinn aller Dinge zu bringen, einem Wissenszweig, der zu lange unerforscht blieb.«

Es tut mir gut, Oculi kennenzulernen, die nicht gleich vom Ende der Menschheit anfangen so wie die ersten damals, in dem belgischen Kloster, auch wenn ihre ellenlangen Vorträge mir oft zu hoch sind.

In Abbuds Studierzimmer mache ich auch die Bekanntschaft eines Geräts, das stets zuverlässig die Himmelsrichtungen anzeigt, ohne dass man dazu die Sterne sehen müsste. Es stellt sich als Herr Index Nauticus vor. Außerdem komme ich mit einem Buch ins Gespräch, auf dem in geschwungenen lateinischen Buchstaben steht: *Die Erfindung der Null*, und versuche, neugierig auf ihre Geschichte, auch mit ebendieser Null in Kontakt zu kommen, doch sie stellt sich als seelenloses, eiförmiges Zeichen heraus.

Direkt neben mir steht eine Karaffe mit einer trüben

Flüssigkeit, verschlossen mit einem gläsernen Stopfen in Form einer Flamme. Zunächst ist diese Karaffe, die sich ein wenig geziert auf Latein Fräulein Testa nennen lässt, nicht sehr gesprächig, doch eines Abends vertraut sie mir geheimnisvoll flüsternd an, dass sie nicht, wie alle denken, Wasser enthält, sondern einen Geist, der aus dem Inneren des Korns kommt.

»Dieser Geist«, erklärt Fräulein Testa, »kann die frommsten Menschen in brabbelnde Toren verwandeln, die sich hinterher an nichts mehr erinnern und nur noch über Durst und Haarwurzelkatarrh herumjammern können.«

Ich verabschiede mich innerlich von dieser schönen Signorina. Man weiß nie, was die obskure Brühe in ihrem Bauch alles im Schilde führt, doch gleichzeitig fasziniert das Fräulein mich maßlos. Das trübe Gebräu riecht übrigens nach Pferdepisse, und es klingt vielleicht eklig, aber just darauf bin ich ganz wild.

Etwas weiter entfernt steht ein Apparat, den ich zunächst für ein Musikinstrument halte: ein klingelndes Schlagwerk, das regelmäßig Töne von sich gibt, ohne dass jemand darauf spielt. Als ich den musikalischen Quälgeist frage, was es mit seinem Geklimper auf sich hat, antwortet er: »Ich schlage die Viertelstunden, die unwiderruflich vorbei sind.«

Sein Gerede ist genauso affektiert wie das Gebimmel, mit dem er mir den Schlaf raubt, aber ich gehe mit ihm um wie ein toleranter, gutmütiger Großvater, ich gönne der Jugend ihre Großtuerei.

Jeden Montagabend kommen Abbuds Schüler zu einem lebensphilosophischen Disput. In der Mitte des Zimmers steht ein gewaltiger Tisch, an dem sie einer nach dem anderen Platz nehmen. Beim Wort »Schüler« könnte man denken, es handle sich um unverbesserliche Nichtsnutze, doch weit gefehlt: Abbuds Schüler sind diszipliniert Strebende, gestandene Gelehrte, doch hungrig nach weiterem Wissen, und der Status des Schülers ist nicht an das Alter gebunden. Sie tragen Mäntel mit gestickten Sonnen darauf und Samtstiefel mit Spitzen wie Eidechsenschwänze. Sie necken einander mit unschuldigen Witzen.

Zu einem festgesetzten Zeitpunkt legt Abbud ein Buch auf den Tisch. Die Schüler schauen ihn erwartungsvoll an. Abbud fordert sie auf, ein Thema zur Diskussion zu stellen, das laut geltenden Regeln als Frage formuliert werden muss, und erst wenn alle Fragen vorgebracht sind, wird die Debatte eröffnet.

Die Gesichter der Schüler drücken Ehrfurcht und Verwunderung aus, wie die der Widersacher des Propheten auf osmanischen Miniaturen in dem Moment, als Mohammed den Mond spaltet. An diesem Tisch wird nichts gespalten, doch etwas von einem Mysterium liegt in der Luft, als könnten sich plötzlich Geisterwesen zu uns gesellen, aus einer anderen Zeit, womöglich der Zukunft. Ich muss an den Tag denken, als Jeschua in brennender Sonne sein Gespräch mit den zwei Schemen führte, oder an den unsichtbaren Kaufmann in Myra, der mit seinem Licht auf Seelenjagd ging, oder an die Bedrohung, die während Gaius' Schlaf im Asklepieion von dem steinernen Riesen ausging, auch an die seltsame Stille, die sich in der Nacht, als Gottszuckerschneckchen mich zu Ende bemalt hatte, über die Erde legte – allesamt Situationen, die ich mit meinem normalen Verstand nicht zu fassen vermochte, und auch jetzt wieder weiß ich, dass etwas geschieht, was über mein unbedeutendes Ich weit hinausgeht.

Gleichzeitig herrscht bei diesen Treffen ein Gefühl der Bedrohung. Mir fällt auf, dass die Schüler leise reden, fast flüsternd. Immer wieder späht Abbud auf den Flur. So auch heute: Zuerst denke ich, er erwarte noch jemanden, doch als ich sehe, wie er die Tür nach jedem Gast sorgfältig schließt, wird mir klar, dass er vor Lauschern Angst hat, mächtigen Spionen, die überall im Land ihr Unwesen treiben, keine Geister der Aufklärung, sondern Boten der Dunkelheit und des Todes, von denen ich ihn schon mehrmals habe erzählen hören.

Der Erste, der das Wort ergreift, ist Fadil, ein dürrer, drahtiger Mann mit runzliger Haut und spärlichen, rötlichen Haaren.

»Wir alle streben«, beginnt er langsam und nachdrücklich, »so gut es geht, nach der Wahrheit, auch wenn es sein könnte, dass es mehr als nur eine Wahrheit gibt, davon bin ich im Laufe der Jahre immer mehr überzeugt.«

»Komm zum Punkt«, unterbricht ihn Abbud, »was ist deine Frage?«

»Meine Frage ist die: Gelangen wir zur Erkenntnis der Wahrheit – sei sie auch mannigfaltig – einzig und allein durch die Religion«, er legt seine Hand auf das Buch,

»oder auch – und vielleicht noch mehr – durch die Philosophie?«

Ein Murmeln geht durch den Raum, doch Abbud erinnert an die Diskussionsregeln, und alle verstummen. Der zweite Sprecher, Latif, hat einen kahlen Schädel, auf dem die Adern sich wie ein kompliziertes Flusssystem abzeichnen. Ein spöttisches Lächeln spielt ständig um seine Lippen, und die Haut seiner Wangen ist zerfurcht. Mit tiefem Bass beginnt er: »Wir vergleichen das Leben gern mit einer Reise, nicht wahr, und unser Denken mit einem Kompass, der uns vor Irrwegen rettet.« Er zeigt mit dem Kopf auf die Truhe, auf der Herr Index Nauticus liegt. »Aber, meine Freunde, was für eine Rolle spielt bei alldem die Zeit? Sie treibt ein merkwürdiges Spiel mit uns, nicht wahr? Ich frage mich dauernd: Ist die Welt, in der wir herumirren, nun ewig, oder ist sie es nicht?«

Wieder erklingt Gemurmel, doch erneut mahnt Abbud – diesmal mit einem strengen Zischen – zum Schweigen.

Der dritte Herr, Siraj, hat eine helle Haut, doch den gekräuselten Kopf eines Schwarzafrikaners. Er legt seine Hand auf die Brust und sagt: »Ich habe den Blick nach innen gerichtet und meine, dort einen Abglanz des Weltalls zu sehen. Kann das sein? Ich meine: Ist die Seele in unserer Brust, wenn sie sich überhaupt dort befindet, und nicht beispielsweise hier«, er zeigt auf seine Frisur, worauf einige Herren lachen, »ist die Seele also individuell, oder ist sie göttlich?«

»Dazu kann ich …«, will Fadil schon die Debatte eröffnen, doch Abbud bringt ihn mit erhobenem Zeigefinger zum Schweigen. Fast zeitgleich blickt er erschrocken zur Tür.

Kein Mensch ist ins Zimmer getreten, doch Abbud blickt so ängstlich drein, dass alle sich umdrehen. Ein kalter Windzug geht durch den Raum, als breite ein Engel die Flügel aus, jedoch kein graziöser, gleich einem sanften, mächtigen Tier mit beschützenden Federn, sondern ein Würgeengel, eine Bestie des Todes, der, wie ich ganz sicher weiß, ein Phantasieprodukt ist, den man aber trotzdem atmen hört. Dass es ihn nicht gibt – oder nur in der kollektiven Wahrnehmung der Herren im Zimmer –, macht seine Anwesenheit nicht weniger spürbar.

Der vierte Schüler, Wahid, ist hager und hat ein ausgemergeltes Gesicht. Er unterbricht die Stille mit einem Niesen und sagt mit brüchiger Stimme: »Die Frage der Ewigkeit – Entschuldigung, verdammt!«, er schnäuzt sich in die Finger, »beschäftigt mich auch schon längere Zeit. Wir wursteln im Leben zwar ein bisschen herum, aber hat das Individuelle nun Anteil am Ewigen, oder hat es das eben leider nicht?« Wieder niest er, ein feucht quatschendes Spritzen. »Meine Erkältung will jedenfalls offenbar ewig bleiben.«

Latif lacht unterdrückt, wird aber von Abbud mit einem bösen Blick zur Ordnung gerufen.

Der fünfte Schüler, Kardal, eindeutig der jüngste, ruft ungeduldig: »Vergesst dieses Hickhack von Individuum und Ewigkeit, Freunde. Glüht nicht in uns allen ein und derselbe göttliche Funke?«

Das sechste und letzte Problem kommt von Abbud.

»Ich habe eine kurze, aber wichtige Frage, über die ich neulich, kurz vor ihrem Tod, noch mit meiner Mutter gesprochen habe, nämlich: Wo ist der Aufenthaltsort der Toten, und kehren sie jemals zurück?«

Alle beginnen durcheinanderzureden. Abbud steht auf, geht wieder zur Tür und streckt den Kopf auf den Flur. Dann setzt er sich hin, aber so, dass er jederzeit aufspringen kann.

Die Diskussion wird eröffnet.

»Wenn ich die so höre«, flüstert Herr Index Nauticus mir ins Ohr, »weiß ich nicht mehr, wo Norden und Süden ist.« Seine Nadel zittert vor Lachen.

»Sei doch still«, sage ich. Ich strenge mich an, dem Gespräch zu folgen, aber ich verstehe nur Fetzen, denn die Männer reden immer leiser.

Dies ist, was ich aufschnappe: »Hört zu, Freunde: Die Philosophie führt uns sicherer zum Wissen als die Religion, aber sie kann das Mysterium niemals erklären.«

»Unsinn, Brüder, denn je mehr Wissen über das Mysterium wir erlangen, desto größer wird unsere Verwunderung über die Schöpfung. Die Verwunderung ist die Mutter der Erkenntnis, auch des Unerkennbaren. Religion ist die Wissenschaft dessen, was wir noch nicht wissen.«

»Und was denkt ihr hierüber: Die Welt ist eine endliche Erscheinung, die zu existieren aufhört, sobald die Sonne erlischt. Denn auch die Sonne wird einmal erlöschen wie eine heruntergebrannte Kerze. In der Dunkelheit werden wir eine neue Art Licht sehen.«

»Richtig, und auch wieder nicht. Das Licht der Sonne ist nichts im Vergleich zum göttlichen Licht.«

»Ich sehe die Seele als einen Tropfen in einem riesigen Meer. Sie löst sich von ihm und kehrt zu ihm zurück. Sie ist weder göttlich noch universell. Sie ist ein Teil der Natur, die aus einer unendlichen Zahl einzelner Teile besteht.«

»Genau, und so ist es auch mit dem Individuum: Es ist sowohl ewig als auch *nicht* ewig. Das Endliche ist ein Abglanz des Ewigen. Das Individuum ein Abglanz des Universellen.«

»Ich sehe das so: Einst waren wir Teil des Unendlichen, und jetzt, da wir zeitlich und räumlich begrenzt sind, haben wir Heimweh nach dem Unendlichen, in das wir einmal zurückkehren werden.«

Jede Frage wird leidenschaftlich diskutiert. Nur die letzte, Abbuds Frage, ob die Toten zurückkehren, kann niemand beantworten.

Für einen Moment ist es still, und man hört das Schlagen der Uhr.

»Dies, meine Freunde«, sagt Abbud, »ist die Antwort auf alle Fragen: Die Zeit wird es lehren.«

Ich schaue verstohlen zur Uhr, doch sie schweigt hochmütig.

Der erkältete Schüler, Wahid, zeigt auf mich und sagt: »Wir werden die Antwort erst kennen, wenn diese Maria ihre Augen für uns öffnet.« Er berührt mich und bricht in unbändiges Niesen aus.

Tief in der Nacht schlägt Abbud vor, das heutige Treffen mit einer kleinen Stärkung zu beenden. Er nimmt die Karaffe mit dem trüben Getränk, das nach Pferdepisse riecht, und schenkt jedem ein Glas ein. Die Schüler, von

Natur aus durstig nach Wissen, stecken ihre Nasen ins Glas und nippen. Würden sie ihrem Mentor nicht blind vertrauen, sie würden denken, er wolle ihnen Gift einflößen. Nach einer Weile perlt Schweiß auf ihrer Stirn, und sie bitten um einen weiteren Schluck, um den ersten Eindruck zu vertiefen.

Sie trinken noch einen. Und noch einen.

Fräulein Testa stößt mich an: »Gleich wirst du sehen, was für Ungeheuer in diesen Herren stecken.«

Sie hat unrecht. Aus den Herren kriechen keine Ungeheuer hervor, sehr wohl aber werden sie irgendwie anders.

Sie nehmen ihre Debatte in feurigem Ton wieder auf, doch es klingt immer weniger logisch. Zu guter Letzt wirken sie wie gutmütige, alte Bauern, die ihre Jacken und Stiefel ausziehen und in Hemdsärmeln und barfuß, wie nach einer gelungenen Ernte, die roten Köpfe zusammenstecken und einander spannende Geschichten erzählen, Geschichten, die nirgends im heiligen Buch stehen, und auch nicht irgendwo anders, kurzum, Geschichten, die – wie einer der Herren es ausdrückt – vielleicht die einzigen sind, die die Gottheit wirklich interessieren, denn all das Philosophieren ist für sie doch nur einschläfernd.

Als draußen schon der Morgen anbricht, aber immer noch Dunkelheit herrscht – es ist eine neblige Nacht im November –, schickt Abbud die Schüler nach Hause. Er bietet an, sie zum Haupttor zu bringen, doch die Herren meinen, sie fänden den Weg auch allein: Sie müssen nur einen langen Flur entlanglaufen und sich dann rechts halten. Draußen, erklärt Abbud, stünden Kutschen bereit. Sie dürften nur nicht zu viel Lärm machen. Weil er überbesorgt ist, begleitet er sie trotzdem ein Stück. Die Zeiten seien unsicher, meint er, und – Allah behüte – manchmal dränge zwielichtiges Pack in den Palast, Gaukler und Bettler, sogar richtige Mörder. »Ich rieche sie schon von weitem«, sagt er, »man muss ständig auf der Hut sein.«

Tollpatschig und kichernd, einander anstoßend und witzelnd, werfen sich die Schüler in ihre Mäntel und Schuhe und begeben sich, einigermaßen torkelnd, mit ihrem Mentor zum Haupteingang.

Unterwegs plagen Abbud plötzlich Gelenkschmerzen. Er entschuldigt sich und erklärt nochmals, wie die Herren gehen müssen, obwohl sie das von ihren letzten Zusammenkünften ja wissen. Er selbst kehrt in sein Zimmer zurück, wo er sich sofort zum Schlafen bereit macht. Das Bett steht hinter einem Vorhang gegenüber der Kiste, auf der ich mich befinde. Ich höre ihn sein Abendgebet sprechen.

Was jetzt folgt, habe ich nicht selber erlebt, aber ich höre es hinterher von Abbud.

Siraj, der den anderen die Kerze vorausträgt, bemerkt als Erster, dass etwas nicht stimmt.

»Man könnte meinen, jemand hätte während unserer Diskussionen da drin die Flure verlegt und den Ausgang im Keller versteckt.«

»Ich schlage vor«, sagt Fadil, »dass wir bei unserem nächsten Treffen über das Wandern von Fluren und Ausgängen debattieren.«

Alle lachen, bis auf Latif. »Uns bleibt nur eins: Wir müssen zurück zu Abbud.«

»Aber Abbud ist schon im Schlafrock«, erwidert Kardal. »Sind wir wirklich solche Idioten, dass wir den Weg aus dem Palast nicht mehr finden, wo wir schon so häufig waren?«

»Es ist merkwürdig«, sagt Wahid, der ein Niesen zu unterdrücken versucht, »aber ich hab das Gefühl, wir sind hier noch niemals gewesen. Als wäre sogar Abbuds Zimmer verschwunden.«

»Dann müssen wir einfach denselben Weg zurückgehen«, schlägt Fadil vor.

Sie kehren um.

Nach einiger Zeit ruft Siraj: »Was für einen Zaubertrank hat Abbud uns da eingeflößt?«

»Willst du etwa ihm«, erwidert Wahid, »die Schuld dafür geben, dass wir solche Hohlköpfe sind?«

Wieder beginnen sie, wild zu diskutieren, bis Fadil sie ermahnt: »Meine Herren, hat Abbud uns nicht eingeschärft, wir sollten mucksmäuschenstill sein?«

Plötzlich hört man von draußen ein lautes Klopfen.

»Es ist wer am Haupteingang«, sagt Siraj, »das Geräusch kommt von dort. Folgen Sie mir, meine Herren.«

Fadil stößt einen Schrei aus: »Wie furchtbar! Wer kommt da so spät noch?«

Während sie weiterdebattieren, was sie jetzt tun sollen, und ein erneutes Klopfen ertönt, steht mit einem Mal Abbud vor ihnen.

»Was ist in euch gefahren, so einen Krawall zu machen und dabei in die falsche Richtung zu laufen?« Er erklärt, dass sie an der entscheidenden Stelle nach links gegangen sind statt nach rechts, und überhaupt und so weiter. »Es ist eigentlich ganz einfach«, beendet er seine Gardinenpredigt, »folgt mir, ich lasse den Fremden herein.«

»Mitten in der Nacht?«, fragt Fadil.

»Natürlich«, erwidert Abbud, »Gastfreundschaft ist eine unserer vornehmsten Tugenden. Wenn jemand in der Nacht Hilfe braucht, müssen wir ihm die gewähren. Merkt euch das, Freunde.«

»Und was«, fragt Kardal, »wenn es Verbrecher sind?«

»Allah wird uns beschützen.«

»Warum hast du dann während des Treffens ständig den Kopf auf den Flur gestreckt?«, will Fadil wissen.

»Unsere Worte müssen beschützt werden, nicht unsere Köpfe.«

Durch ein Fenster kurz unter der Decke dringt erstes Licht. Abbud nimmt die Kerze und stapft stöhnend zum Ausgang, der in der Tat ganz in der Nähe ist.

Als das Tor sich öffnet, dringt kalter, rauchiger Nebel herein. Durch das frühe Licht wirkt er heller, fast als leuchte er aus sich selber, und taucht das Gesicht des Gasts in einen gelben Schein.

Der Mann ist schwarz gekleidet, eindeutig kein Bettler und hat ein junges, vergnügtes Gesicht mit kugelrunden, wachen Augen.

»Guten Morgen«, sagt er mit eigenartigem Akzent, »ich habe euch hoffentlich nicht zu sehr erschreckt, obwohl eure Gastfreundschaft, wie man hört, größer ist als eure Furcht. Lasst mich bitte ein. So spät noch beschäftigt? Oder sollte ich sagen: so früh?«

Abbud beleuchtet das Gesicht des Gasts mit der Kerze. »Sei uns mehr als willkommen, Fremder. Ich weiß nicht, wer du bist, aber du siehst aus wie ein frommer Mann, den Allah auf unseren Weg gesandt hat, ich kann dir also vertrauen und sagen, dass unser Geschäftstreffen zu Ende ist und meine Freunde gerade nach Hause gehen wollten.« Er macht einen Schritt zur Seite, um den Gast einzulassen.

Der Mann lacht. Er tritt ein und mustert die Herren. »Mein Name ist Izz al-Din. Seid mir gegrüßt. Aber ... was rieche ich da nur die ganze Zeit?«

»Das«, sagt Abbud hastig mit der Hand vor dem Mund, um seine Fahne zu verstecken, »ist das neue Reinigungsmittel. Es riecht nach Pferdepisse, und wenn man es einatmet, wird einem schlecht. Ich habe es weggeschüttet, aber der Gestank wird noch ein paar Tage in den Räumen hängen. Verzeih mir, Izz al-Din.«

»So«, sagt Izz al-Din lächelnd, »ihr trefft euch also zum Putzen, und hinterher trinkt ihr das Wischwasser aus. Eine Art innere Reinigung. Interessant.«

Abbud räuspert sich. »Warum interessierst du dich für ein unschuldiges Gespräch unter Freunden? Möchtest du vielleicht etwas essen?«

»Ich will euch nicht länger belästigen als unbedingt nötig«, sagt Izz al-Din, während er seine Mütze abnimmt, unter der herrliches, wallendes Haar hervorkommt. »Ehrlich gesagt, suche ich kein Bett für die Nacht, ich soll euch vielmehr etwas mitteilen.«

»Etwas mitteilen«, wiederholt Abbud mechanisch.

»Können wir uns irgendwo setzen?«

»Gehen wir in mein Studierzimmer. Ich möchte aber erst sichergehen, dass meine Freunde wohlbehalten ihre Kutschen nehmen können.«

»Deine Freunde müssen meine Nachricht auch hören«, sagt Izz al-Din.

»Dann muss es ja eine wichtige Nachricht sein«, erwidert Abbud.

»Meine Nachricht ist von allerhöchster Bedeutung«, erklärt Izz al-Din.

»Hat dich jemand geschickt?«

Izz al-Din, der in einem fort lächelt, beginnt ungeduldig zu zwinkern, und Abbud begreift, dass Eile geboten ist.

»Also gut«, sagt Abbud zu seinen Freunden. Hinkend führt er sie in sein Studierzimmer.

Ab jetzt bin ich wieder Augenzeuge – leider, füge ich mit Trauer im Herzen hinzu. Fräulein Testa hat mir die ganze Zeit vorgejammert, was für Dummheiten Betrunkene so alles anstellen, während die Uhr vor Stolz platzte, dass sie einem philosophischen Diskurs den Takt schlagen durfte. Mir geht das ganze Geseire auf die Nerven, doch nachträglich betrachtet war das ein schöner Moment, und ich wünschte, er hätte noch viel länger gedauert.

Als die Herren hereinkommen – Abbud lässt dem Gast den Vortritt –, schwant mir sofort Übles. Die Schüler setzen sich um den Tisch, jeder an seinen üblichen Platz. Für Izz al-Din wird ein Stuhl dazugestellt. Abbud setzt sich nicht, obwohl er vor Schmerzen ächzt. Er kommt zu mir, legt die Hand auf mich und sagt so leise, dass nur ich es hören kann: »Gut, dass du blind bist, Maryam, und nicht zu sehen brauchst, was hier gleich geschieht.«

Izz al-Din schaut die Herren einen nach dem anderen an und entfaltet seinen Brief.

»Den Anweisungen des Boten ist in allen Punkten zu folgen«, beginnt er. »Er ist ein Gesandter des Kalifen und übermittelt weder Mitteilungen noch Bitten, sondern einen unabänderlichen Befehl.«

Abbud klammert sich an die Truhe, auf der ich mich befinde. Ich habe das Gefühl, er steht kurz vor einem Wutausbruch.

Es ist ein langer Brief mit vielen Einschüben und Gebetsformeln, aus dem kein Mensch richtig schlau wird. Einige Schüler kämpfen sogar mit dem Schlaf.

Plötzlich aber ertönt der Beschluss aus Izz al-Dins Mund: »Wegen aufrührerischer Ideen, die die Authentizität des Heiligen Buchs anzweifeln, werden alle Anwesenden strengstens verurteilt. Ihr steht allesamt unter Arrest. Die Wagen, die euch ins Gefängnis bringen, warten bereits. Morgen findet der Prozess statt.« Er hält einen Moment inne. »Übermorgen werdet ihr hingerichtet, und zwar durch den Strang.« Er blickt auf und streicht sich durchs Haar. »Es tut mir leid, euch so spät noch damit stören zu müssen.« Er sagt das, weil ihm nichts Besseres einfällt.

»Das ist… Das ist…«, stammelt Abbud und fällt in Ohnmacht. Im Fallen reißt er Fräulein Testa mit sich. Ihr gläserner Körper zerbricht, und das verbotene Getränk strömt über den Boden.

Izz al-Din bückt sich, um Abbud aufzuhelfen, doch der

lehnt die ihm entgegengestreckte Hand ab. Als Izz al-Din den Alkohol auf dem Boden riecht, flucht er leise. Selbst wenn er flucht, scheint er zu lächeln. Er erinnert mich an die Mongolen, doch natürlich lächelt er nicht, es gibt nichts zu lächeln, er hat eine Hasenscharte. Sein Blick ist scharf, unerbittlich, durchdringend, fast leuchtend, voll erbarmungsloser Hingabe an ein übermenschliches Ideal, das keinen Widerspruch duldet.

Abbud rappelt sich auf, unterstützt von Fadil.

»Wenn unser weiser Vorgänger, der gute Averroës, das wüsste«, sagt er, »dass noch immer keine Einigung erzielt ist.«

»Einigung? Wer soll sich denn einigen?«, will Izz al-Din wissen.

»Die Menschen, du Bote des Unheils, soll heißen die Sterblichen, die das Glück haben, durch einen unendlichen Zufall am Leben zu sein, und die die kurze Zeit ihres Daseins mit Zänkereien verschwenden. Ich verfluche den Tag...«, er ist nun so erregt, dass ihm das Blut zu Kopf steigt, »an dem der Mensch sich seinen Gott schuf...«

»Du meinst es natürlich andersherum«, sagt Izz al-Din, der jetzt wirklich lächelt, »du willst sagen, Gott schuf den Menschen. Ich glaube, dass Gott diesen Tag auch schon verflucht hat, soweit wir annehmen dürfen, dass Gott überhaupt flucht.«

Abbud murmelt: »Blind... blind im Herzen...«

Fadil stützt ihn, und zusammen gehen sie, zwei gebrochene Männer, Richtung Kutsche.

Latif, der ihnen folgt, tröstet sie mit seiner Bassstimme: »Das muss ein Irrtum sein. Sie haben sich geirrt. Alles wird gut.«

Siraj legt die rechte Hand auf das Buch, das auf dem Tisch liegt, murmelt einige Worte und verlässt erhobenen Haupts das Gemach.

Wahid reibt sich die tränennassen Augen.

Kardal, der Jüngste, sagt zu Izz al-Din: »Herr, mich wirst du doch nicht verurteilen? Ich bin erst zwanzig, ich bin noch unreif. Ich will lernen. Lass mir Zeit, erwachsen zu werden.« Während er spricht, kratzt er sich mit allen zehn Fingern.

Abbud, der ihn hört, dreht sich um und ruft aus dem Flur: »Wie kannst du es wagen, deinen Meister so zu beleidigen? Von wem sonst solltest du lernen als von Älteren?«

So sehe ich sie davongehen, sechs Männer mit Sonnen auf den Mänteln und Eidechsenschwänzen an den Füßen, beschwipst, doch vor Schreck schlagartig ernüchtert, humpelnd und seufzend zur Tür taumeln, durch die sie mit ihren weisen Fragen hereingekommen sind und nun starr vor Entsetzen dem Tod entgegenwanken.

Nach dem Urteil des Richters werden alle Schüler gehängt.

Nur Abbud wird verschont, weil sein Freund, der süditalienische Bankier, ihn mit dem Geld, das er für mich bekommen hat, freikauft.

Am nächsten Tag kommt Abbud zu mir; er streichelt mich lange und erzählt.

»Wird die große Versöhnung denn niemals stattfinden?«, möchte ich ihn zuletzt fragen.

Er trocknet sich die Tränen, klappt das Buch auf dem Tisch zu und hängt sich am Kronleuchter auf.

Der Bankier erbt mich und verkauft mich wieder auf dem Markt der Seidenhändler, um kein Geld zu verlieren.

KAPITEL FÜNF

*von einem Traumlaboratorium,
dem Museum der Zukunft,
einem selbstgebauten Himmel
und einer fliegenden Kutsche*

MEIN großer Kummer ist – mein ganzes Leben lang schon, im Moment gut eintausendsiebenhundert Jahre als ein Stück Holz –, dass ich die Abenteurer, an die ich mich jedes Mal wieder tief binde, nicht auf die andere Seite begleiten kann. Ich bin verflucht, ein viel zu langes Leben zu führen, ein Leben, das von Abschied erfüllt ist. Bei jeder neuen Begegnung überfällt mich schon am Anfang die Melancholie ihres Endes. Allmählich verstehe ich, was Todessehnsucht bedeutet.

Aus derselben schmerzlichen Quelle jedoch speist sich auch mein Glück, denn bei jeder Begegnung, wie kurz sie auch sein mag, werde ich neu geboren.

Meine Bekanntschaft mit Cogito Darwin ist ein schönes Beispiel hierfür.

Cogito Darwin (sein Name klingt wie ein Motiv aus einem Musikstück von Haydn) befreit mich aus den kolonialen Klauen raubeiniger Entdeckungsreisender und bringt mich in einen kleinen Ort in England, irgendwo in den nebligen Hügeln zwischen Birmingham und Manchester.

Er ist keine Schönheit, dieser aufklärerische Schelm, eher ein kleiner, rundlicher Mann mit angeklatschtem Haar, sprühenden Augen und einer Nase wie eine Steckrübe. Er trägt immer dieselbe, niemals gewaschene Kluft, grünes Hemd zu schwarzen Kniehosen und violetten Strümpfen, und darüber sommers wie winters einen dicken, bis zum Innenfutter zerschlissenen Hausmantel.

Er wiegt mich in der Hand, und ich sehe, wie ein Schauder ihm den Rücken hinabgleitet.

»Ich werde dir beibringen«, sagt er, »was es bedeutet, mit *offenen* Augen durchs Leben zu gehen.«

Ich kann ihn sofort gut leiden. Er wohnt in einer Kirche, die längst keine Kirche mehr ist, weil Cogito Darwin das so entschieden hat. Als er das Gebäude – damals noch in seiner kirchlichen Funktion – vor einigen Jahren zum ersten Mal sah, war es so heruntergekommen, dass Darwin, der handwerklich durchaus geschickt ist, es zu renovieren beschloss und in ein Wohnhaus für sich verwandelte. Er erzählt seinen Freunden gerne davon, daher kenne ich die Geschichte. Dazu muss man sagen, dass das Wort »Wohnhaus« die Sache nicht ganz trifft, es ist eine Art Traumlaboratorium, der Ort, an dem er seine verwegensten Ideen materialisiert. Die Möglichkeiten der Materie – er ist besessen von dieser Idee.

In einer Ecke seines Labors steht eine alte Kirchenbank, über die eine Pferdedecke gelegt ist, auf der er nachts schläft, doch Cogito Darwin schläft so gut wie nie. Am Fenster steht sein Schreibtisch, der ehemalige Altar, und darauf stehe ich, bequem auf einem Lesepult, wie eine der Kuriositäten, die er auf seinen Streifzügen überall im Land gesammelt hat. Die anderen Objekte sind Mitbringsel von Dritten aus fernen Ländern: einfache Gebrauchsgegenstände wie zum Beispiel Kelche, Haarspangen und Krüge, doch auch bizarre Spielzeuge wie etwa ein zehntausend Jahre alter Dildo aus Stein, eine Flöte aus indischem Bambus, Riesenschmetterlinge und Panzer von Tieren, die auf dem finsteren Grund des Ozeans hausen.

Ich versuche, mit diesen Kuriositäten eine Konversation anzuknüpfen, aber sie sprechen merkwürdige, alte Sprachen, von denen ich kein Wort verstehe.

Der Fußboden von Cogito Darwins Behausung ist ein Hindernisparcours, auf dem jeder Besucher sein Leben riskiert. Überall liegen Bücher, Säbel, Pistolen, ausgestopfte Katzen und weiterer undefinierbarer Krempel. Noch während sie in der Kutsche sitzen, werden die zahlreichen Besucher von ihm instruiert, sie sollten gut aufpassen, und wenn sie sich zu ihm hineintrauen, nimmt er sie bei der Hand und führt sie zu einer umgedrehten Trommel oder einem alten Reisekoffer, die als Sitzgelegenheiten dienen.

Sein größter Stolz sind seine Erfindungen, die er »das Museum der Zukunft« nennt, wie etwa ein Vergrößerungsglas, ein Messinstrument namens Sextant, ein Kaleidoskop und noch vieles mehr. Er sagt »*meine* Erfindungen«, aber ich glaube, er hat diese Dinge nicht persönlich erdacht, er sammelt sie vor allem oder baut sie nach, weil sie ihn zu neuen Gedanken über die Möglichkeiten der Materie anregen.

Auch in diesen Gegenständen jedoch habe ich keine

Gesprächspartner, weil sie ziemlich hochnäsig sind und mich für ein wertloses Stück Plunder halten.

Eines Tages sagt Cogito Darwin zu einem Gast, einem griesgrämigen Geistlichen in stinkender Soutane, bislang habe der Mensch zu sehr geglaubt, »dass Gott alles richtet, und wenn etwas nicht klappt, sei auch das Gottes Wille«. Er, Cogito Darwin, ein Geist der Aufklärung, hoffe, dies zu ändern. Er wolle »dem schnarchsäckigen Gott ein wenig Beine machen«, damit alles ein bisschen schneller gehe.

»Warum soll alles schneller gehen?«, fragt der griesgrämige Geistliche, der mit zusammengepressten Beinen zwischen den Kuriositäten sitzt und kaum wagt, sich zu rühren. Er ist gekommen, um Cogito Darwin die Leviten zu lesen.

Cogito Darwin, sonst ein begnadeter Redner, sagt kein einziges Wort mehr. Breitbeinig steht er zwischen seinen Objekten und schaut an die Decke. Der Geistliche folgt seinem Blick, weil er vermutet, dass dort, an der für eine Kirche logischen Stelle, ein Kruzifix hängt, das Cogito Darwin auf seinen Platz in der Schöpfung hinweist und ihm vor Augen führt, »dass Gott alles lenkt und bedenkt und der Mensch nicht hochmütig sein darf, denn Hochmut kommt vor dem Fall«.

Doch Cogito Darwin schaut nicht zu einem Kreuz, sondern zu seinem perfekt restaurierten, kreisrunden Turm, über dessen Wendeltreppe man in einen Dachraum gelangt, mit gerade noch genug Platz für einen Schemel und ein Fernrohr, durch das er fast jede Nacht in den Kosmos späht.

Der Geistliche giftet, Cogito Darwin sei ein »elender Himmelsstürmer«, der sich »vor der Heiligen Inquisition in Acht« nehmen solle.

Doch Cogito Darwin lacht und erwidert, die Heilige Inquisition sei nichts als das Mörderkommando eines weltfremden Papstes und in England zudem schon seit fast zwei Jahrhunderten abgeschafft.

»Aber der Herr und sein Gericht sind nicht abgeschafft, seien Sie also auf der Hut, Sie hoffärtiger Mensch!«, erwidert der Geistliche, während er schnaubend seinen geweihten Allerwertesten lüpft, um diesen Pfuhl des Verderbens zu verlassen.

Cogito Darwin nimmt Abschied von ihm, ohne ihn durch den Hindernisparcours zu begleiten, so dass der geistliche Griesgram allein Richtung Ausgang stolpern muss und Cogito Darwin ihm lachend hinterherruft: »Nicht Hochmut kommt vor dem Fall, sondern Blindheit!«

Pfeifend staubt er mich jeden Tag ab. Er spricht auch mit mir, am liebsten über ferne Erdteile, die er noch bereisen möchte, oder über humanoide Wesen auf anderen Planeten. Er sagt, der Himmel da oben sei unvorstellbar viel größer, als der Mensch bisher vermutet.

Ständig stellt Cogito Darwin sich Fragen, die sich kein einziger anderer Mensch stellt. Eines Sommertags entdeckt er eine Messmethode für die Temperatur der Luft und des eigenen Körpers. Weil er zufällig gerade mit Quecksilber spielt – er lässt die drolligen Kügelchen auf der Handfläche hin und her tanzen –, kommt er auf die Idee, das flüssige Metall in ein gläsernes Röhrchen zu gießen, es erst in die Sonne zu legen und dann in den Mund zu stecken. Wie ein Kind jauchzend sieht er zu, wie sich das Quecksilber in dem Glasröhrchen ausdehnt. Er beschriftet das Röhrchen mit einer Skala und steckt es sich, jawohl, in den Hintern, mit demselben befriedigenden Ergebnis. Jeder Besucher wird gebeten, es selbst auszuprobieren, denn der Mensch ist Cogito Darwin zufolge ein ungläubiger Thomas, der die offensichtliche Wahrheit erst glaubt, wenn er selbst den Finger in die klaffende Wunde des auferstandenen Jeschua gelegt hat.

Bei einem seiner aufregenden Experimente dreht er an einer Art Uhrwerk; solch ein Objekt habe ich bereits früher einmal bei Abbuds Glaubensgenossen gesehen, dies aber dient nicht zum Messen der Zeit, es ist ein Abbild des Himmels. Cogito Darwin dreht an einem Rädchen, und sofort setzt sich die Mechanik mit ihren metallenen Ringen und hölzernen Planeten in Bewegung, knarrend und knirschend wie eine alte Kutsche. Wie ein Mantra ruft Cogito Darwin die Namen der Himmelskörper: »Jupiter, Uranus, Mars, Venus.« Sobald es Nacht wird, stellt er eine Kerze ins Zentrum des Planetensystems und lässt alle Himmelskörper um sie herumkreisen, immer schneller und schneller, während er jauchzt, singt: »Der gelbe Zwerg! Nova Stella! Die Sonne!«

Cogito Darwins Einfallsreichtum ist unerschöpflich. So baut er eine Spritze, die mit Süßholzextrakt vermischtes Wasser aufsaugt, wodurch beim Wiederherausspritzen ein feuerlöschender Schaum entsteht. Auch entwirft er ein Schwungrad, das mit dem Fuß angetrieben wird, um rasend schnell Wolle zu spinnen. Er näht eine Art Rucksack, den man sich umbinden kann, um sich beim Springen vom Turm nicht die Knochen zu brechen. Er sucht nach allerlei Möglichkeiten zu fliegen, so lange wie möglich unter Wasser zu bleiben, im Dunkeln zu sehen, komplizierte Rechenaufgaben zu lösen, sich unsichtbar zu machen und tödliche Krankheiten zu heilen. In seinen tollkühnsten Stunden arbeitet er an einem Trank, der dem Menschen ewiges Leben verleihen soll.

Auch glaubt er, der Mensch werde schon bald – in vielleicht ein- oder zweihundert Jahren – Maschinen konstruieren, die schneller, genauer und klüger seien als er selbst.

Eine seiner spektakulärsten – und zugleich einfachsten – Erfindungen ist für mich persönlich ein hölzerner Kasten mit darin lediglich einer Walze und einer Nadel und einem gigantischen Trichter außen, mit dem er die menschliche Stimme auf Wachs bannen kann und danach exakt so wieder zu Gehör bringt. Er sagt ein ellenlanges Gedicht auf und lauscht hinterher kindlich entzückt der kratzigen Aufnahme seiner Stimme.

»Sehen kannst du ja nicht«, sagt er zu mir oder, besser, zu Maryam, »aber hören kannst du hoffentlich noch!«

Ach, Jeschua – jammere ich lautlos –, könnte ich die junge Maryam nur einmal noch hören, wie sie sagt, dass man den Ast, auf dem man sitzt, nicht absägen darf. Oder dich, als du sagtest, dass du in die Vergangenheit blickst, um die Zukunft zu sehen. Oder Gottszuckerschneckchen, der mir erklärt, dass er mich zum Leuchten bringt. Oder den Seher Andrei Rubljow, als er die Augen Maryams beschreibt. Oder den unglücklichen Abbud, als er fragt, ob die Toten zurückkehren ...

Was würde ich darum geben, ihre Stimmen noch einmal zu hören, einmal nur diese einzigartigen Stimmen, zusammen mit ihren Körpern für immer verschwunden.

Eines Nachmittags empfängt Cogito Darwin eine Gruppe Kinder, die von ihrem fortschrittsbegeisterten Lehrer zu naturwissenschaftlichem Unterricht zu ihm geschickt worden sind.

Er zeigt ihnen eine Miniaturkutsche, die er mit einer Dampf- und einer Brennkammer versehen hat, so dass die Kutsche sich mit lautem Gedonner allein von der Stelle bewegt. Er erklärt ihnen, dass er eine Technik entdeckt hat, mit der man auf Grundlage von Jahreszeiten und Mondständen Erdbeben voraussagen und ihre Stärke messen kann. Zu guter Letzt bittet er sie zu einem Experiment, das sich nur ein einziges Mal durchführen lasse, »weil es Erkenntnisse über die grundlegenden Bedingungen des Lebens verschafft«.

Die Kinder schauen ihm gebannt zu.

Cogito Darwin geht in den Garten, wo er einen kolossalen Käfig für eine Familie von Kakadus aufgestellt hat, die ihm kürzlich von einem holländischen Seemann auf dem Vogelmarkt verkauft wurden. Die Tiere machen rund um die Uhr einen Höllenkrawall, vergleichbar mit dem Quietschen einer verrosteten Tür. Es macht mich fuchsteufelswild, aber jetzt wird klar, was er mit den Tieren vorhat.

Er nimmt einen Kakadu aus dem Käfig, einen weißen mit blaugeränderten Augen und orangefarbener Haube. Die Kinder sind hingerissen. Sie kraulen den Vogel und versuchen, ihm unanständige Wörter beizubringen, weil sie ihn für einen Papagei halten. Das Tier jedoch krächzt nur wie die Scharniere eines transsilvanischen Spukschlosses.

Cogito Darwin setzt den Vogel auf einen Ast in einem geräumigen Glassturz, der mit einem komplizierten System von Röhren und Filtern verbunden ist, und schließt die Glocke danach luftdicht ab. Er hebt den Zeigefinger zum Zeichen, dass die Kinder gut aufpassen sollen. Er schließt eine Pumpe an den Behälter an. Die Pumpe zieht langsam allen Sauerstoff aus dem Gefäß, bis der Kakadu nach Luft schnappt und zusammensinkt, als sei ihm ein unsichtbares Gewicht auf den Kopf gefallen.

»Alles für die Wissenschaft!«, sagt Cogito Darwin.

Einige Kinder wenden vor Grauen den Kopf ab, andere brechen in Tränen aus, wieder andere kreischen, Meister Darwin sei ein Mörder.

Der Meister lacht, hört auf zu pumpen und befreit den Vogel.

»Ich liebe die Welt zu sehr«, sagt er, »um ein unschuldiges Leben zu opfern.«

Er bringt den Kakadu zurück in seine Voliere und legt einen aufgeblasenen Lederballon in Form einer Lunge in das Gefäß. Er beginnt wieder zu pumpen, und der Ballon leert sich auf mysteriöse Weise.

Aber die Kinder interessieren sich schon lange nicht mehr für das Experiment mit der Luftpumpe, sie stürmen hinaus zu dem Käfig, wo sie den Kakadus schweinische Dinge zurufen.

Cogito Darwin ist schon wieder in sein nächstes Experiment vertieft.

An einem anderen Tag kommt er zu dem Schluss, dass er jetzt genug Urin beisammenhat. Schon seit längerer Zeit pinkelt er in eine Zinkwanne hinter einem Paravent und verpflichtet seine Gäste – sowohl die Herren als auch die Damen –, das Gleiche zu tun. Die Gäste sträuben sich zunächst selbstverständlich, doch Cogito Darwin redet so lang auf sie ein – »Dieses Experiment wird den Lauf der Welt und Ihr Leben verändern!« –, bis sie nachgeben.

Aus irgendeinem verrückten Grund schöpft er einige Liter Pisse in einen kleinen Kessel und bringt das Ganze zum Kochen. Der Urin fängt an zu dampfen und füllt das Kirchengewölbe mit einem ekelerregenden Dunst, der die Farben auf meiner Haut empfindlich angreift. Nachdem er sich die Augen gerieben hat, merkt Cogito Darwin, dass ein schwach leuchtendes Pulver auf dem Boden des Kessels zurückgeblieben ist. Er hält das Pulver für Gold. In seinen Träumen sieht er – so erzählt er mir – eine Welt vor sich, in der jeder aus seiner Pisse den König der Metalle herstellt und den Urin womöglich sogar bewachen muss, weil es überall Urindiebe gibt, die gigantische Goldsiedereien betreiben.

Aber es ist kein Gold, was Cogito Darwin da entdeckt hat, denn als er sich hinkniet, um dem Himmel – der ihm sonst herzlich egal ist – für sein alchemistisches Glück zu danken, entzündet sich das Pulver von allein, und zwar so heftig, dass sein fettiges Haar angesengt wird und die Kirche beinah in Flammen aufgeht, samt allen wundersamen Objekten, selbst meiner Wenigkeit.

Zum Glück hat er sofort die Spritze mit Süßholzschaum zur Hand und sprüht alles voll, auch mich natürlich, doch ausgesprochen fürsorglich reibt er mich mit dem Ärmel seines Morgenmantels sofort wieder trocken.

Was er entdeckt hat, heißt Lichtträger, Phosphor in der Sprache der Gelehrten, und das Licht, das der Lichtträger erzeugt hat, betrachtet Cogito Darwin als das Strahlen der Zukunft.

Er ist nicht zu bremsen. Wenn er vom Experimentieren, Grübeln und Basteln genug hat, aber noch immer nicht einschlafen kann, schreibt er in ein Buch. Wenn er ein paar Blätter gefüllt hat, liest er mir seine Gedanken langsam und mit dröhnender Stimme vor.

»Es muss möglich sein«, höre ich ihn eines Nachts vortragen, »menschliche Organe und Glieder zu sammeln und mit geeigneten Mitteln aneinanderzukoppeln, worauf eine Maschine sie wieder zum Leben erweckt. Dampf erscheint mir hierfür nicht der richtige Antrieb, aber möglicherweise die Zellen, durch die unsere Haare und Nägel wachsen und die so stark sind, dass sie noch weiterarbeiten, wenn unsere Körper längst tot sind. Dieses künstliche Wesen hätte alle Eigenschaften eines normalen Menschen, aber das wäre es natürlich nicht, denn es hätte kein Hirn. Daher müssen wir eine Maschine entwickeln, die das Denkvermögen des menschlichen Hirns nachahmt oder ihm das Denken gleich abnimmt.«Unwillkürlich schaut er zu mir und schließt:»Wem das gelänge, der würde ein zweiter Pygmalion, der eine herrliche Frau aus Elfenbein schuf, namens Galatea, die zum Leben erwachte und seine Frau wurde.« Wieder schaut er mich an. Ich weiß, was er denkt. Er ist verliebt in Maryams Gesicht. Er berührt ihre Augenlider und erbebt.

In hellen Nächten sitzt er in seinem Turmzimmer und starrt mit dem Fernrohr stundenlang in den Kosmos. Oft höre ich ihn verwundert aufschreien. Er zeichnet eine Karte des gesamten Himmelsgewölbes und sucht nach Zusammenhängen zwischen den Sternbildern. Jubelnd verkündet er, eines Tages werde es tollkühnen Menschen gelingen, eine Kutsche zu bauen, die über die Berge fliegt, bis zu den Sternen, und dass die auf dem Mond landen werde oder auf einem Planeten oder sogar auf der Sonne. Er ist davon überzeugt, dass all die genialen Erfindungen kombiniert werden können, um solch eine Raumkutsche zu konstruieren: Pumpen und Spritzen, Quecksilber, Fallrucksäcke, Feuerlöscher, Dampfkessel, Phosphor, Erdbebenmesser, Kaleidoskope, Sextanten – all dies müsse zu einer Superkarosse zusammenfließen und eine unglaubliche Reise ermöglichen, jenseits aller Imagination.

Er betrachtet seinen selbstgebauten Himmel und lacht.

»Am liebsten wäre ich unsterblich«, sagt er,»um all die künftigen Erfindungen noch erleben zu können.«

Jetzt schaut er mich an. »Aber die Zeit ist blind. Ich kann die Zukunft nicht sehen, und wenn die Zukunft Gegenwart ist, wird sie mich nicht mehr sehen.«

In einer dieser hellen Nächte ist Cogito Darwin so aufgekratzt, dass er gut zwanzigmal pro Stunde aus seinem Turmzimmer zu mir kommt, um zu berichten, was er im Kosmos so alles gesehen hat.

Ich verstehe den Grund hierfür nicht, doch plötzlich ruft er: »Du« – natürlich spricht er zu der blinden Maryam –, »du bist für mich das Symbol der vergangenen Welt. In dieser Welt vertraute der Mensch blind auf Gott. Gott gab dem Menschen Augen. Gott schaute für ihn. Der Mensch konnte zwar auch selbst etwas sehen, aber das waren nur Schatten.« Er lacht wie ein Kind. »Diese Zeit ist vorüber – endgültig, meine Schöne! Du bist eine alte Dame geworden, eine schöne alte Dame, versteh mich nicht falsch, aber du bist nicht mehr von heute. Wenn ich dir erzähle, was ich da oben gesehen habe, siehst du es innerlich vor dir, denn *ich* gebe dir Augen, nicht Gott, sondern ich, der geniale Bilderstürmer Cogito Darwin. Ich mache dich wieder jung, und du bist nicht mehr blind. So bleibst du auf der Höhe der Zeit und hältst mit der Wissenschaft Schritt.«

Ach, wie ich seine Geschichten über das geheimnisvolle Licht der Nacht liebe, über Drachen und Furien im Sternenband der Milchstraße und über die Möglichkeit, dass irgendwo in der bodenlosen Finsternis ein anderes Lebewesen zu uns emporspäht, so wie wir zu ihm.

Gegen Morgen, als das erste Licht schon zögernd heraufkommt und ich überzeugt bin, dass mein genialer Meister mit dem Kopf auf dem Fernrohr eingeschlafen ist, höre ich auf einmal einen wilden Schrei.

Cogito Darwin ist aus dem Häuschen, völlig hingerissen von dem, was er sieht.

»Das hier schlägt alles!«, ruft er, während er die Treppe herabstürmt. »Allmächtiger, das ist… die Antwort auf all meine Fragen!«

Er scheint über die Stufen zu schweben, zu fliegen, die Schöße seines Morgenmantels peitschen um ihn herum. Jubelnd braust er auf mich zu, doch auf der vorletzten Stufe, nur noch wenige Schritte von mir entfernt, verfängt sein Fuß sich plötzlich im Mantel, er stolpert und stürzt. Wie bei einem Salto rudert er mit den Armen, und mit einem dumpfen Schlag knallt sein Kopf auf den Boden.

Drei Tage später findet man ihn, völlig ausgeblutet durch die Wunde an seinem Kopf.

Cogito, Meister, was hast du dort oben gesehen? Was wolltest du mir erzählen? Welche Rätsel, über die die Menschheit schon seit Ewigkeiten brütet, hast du gelöst? Kein Tag wird vergehen, an dem ich dich nicht beweinen und mich mit dieser Frage peinigen werde.

Vielleicht hast du ja die Kutsche gesehen, die fliegende Kutsche, von der Dichter träumen und die die Toten in ein anderes Sternensystem entführt, so dass niemand mehr Angst haben muss, denn der Tod ist nichts anderes als eine Reise in ein anderes Leben.

Wenn das so ist, lieber Cogito, genialer Wahnsinniger, grübelst du jetzt bestimmt darüber nach, wie du zur Erde zurückkehren kannst, denn du liebst diese Welt über alles und willst uns haarklein berichten, was du dort oben gesehen hast.

KAPITEL SECHS

vom Keller der kleinen Herzogin,
einem Seelenhirten, der Jules Verne liest,
einem alten Fetzen, der Höhle des Löwen,
der Unversöhnlichkeit von Wissenschaft
und Religion und von verkommener Moral

NACH dem Unfall Cogito Darwins werde ich von einem Kutscher, der genauso aussieht wie ein Schrotthändler, auf einen Karren geladen, zusammen mit den anderen Habseligkeiten meines ehemaligen Meisters. Die Kakadus lässt man einfach davonfliegen. Die armen Tiere sind nicht an Freiheit gewöhnt und finden am erstbesten Hindernis ihrer Flugbahn den Tod. Während des Transports sind wir Objekte totenstill. Standesdünkel und Mangel an Sprachkenntnissen haben uns bisher daran gehindert, miteinander zu kommunizieren. Jetzt aber, wo wir alle in einem Boot sitzen, würden wir uns nur allzu gern austauschen. Das Einzige, was wir tun können, ist jedoch, einander ängstlich anzustarren.

Als Sperrmüll gelten wir gerade noch nicht, wie wir zu unserer großen Erleichterung feststellen. Nach stundenlanger Fahrt werden wir in einem Museum abgeliefert, Eigentum einer kleinen französischen Herzogin und zugleich Sammlerin von Raritäten. Weil die Herzogin keinen Sinn fürs Praktische hat, befiehlt sie dem Kutscher, alle Gegenstände vorläufig im Keller abzustellen.

Da liegen wir dann, »vorläufig«. Die Ratten trippeln auf uns herum, fauliges Wasser sickert herein. Die kleine Herzogin wird alt und vergisst die Welt. Die Zeit nagt an uns. Das metallene Himmelsmodell verwandelt sich in rostigen Schrott. Die Seiten von Darwins Tagebüchern verbleichen und verkleben. Die Eisenteile der Luftpumpe und der Dampfkutsche korrodieren und werden krumm. Die Panzer der Tiefseekreaturen verströmen Verwesungsgeruch. Die Pistolen mit den feinen Schmiedearbeiten werden zum Jagdrevier von Spinnen, die einen dichten Wald von Fäden darum herumweben.

Und was geschieht mit der Mutter Gottes auf dem Stück Holz von Jeschuas Kreuz? Sei froh, dass du blind bist, Mütterchen, dein Schicksal ist traurig. Höre ich da einen Holzwurm? Oder sind es Holzwespen, die in mir Gänge graben wollen? Oder eine der alten Geißeln der Erde, eine Art Beulenbrand oder Schorfpilz, ein erbärmliches Monstrum, das sich auf totem Holz – oder, in meinem Fall, fast totem Holz – häuslich niederlässt?

Ach, Jeschua! Wo ist die Zeit, da sie mich in Russland als heiligen Gegenstand verehrten?

————

Lange nach dem Tod der kleinen Herzogin kommt ein französischer Pastor dem vergessenen Keller auf die Spur. Er heißt André de l'Écluse, und das Wort Pastor gibt seine Stellung nur unvollkommen wieder: Er ist etwas viel Höheres in der kirchlichen Hierarchie und hat zugleich ein außergewöhnliches Interesse an der

Moderne, so zum Beispiel am Werk seines Zeitgenossen und Landsmanns Jules Verne, der mit Büchern reüssiert, die einen Blick in eine mögliche Zukunft gewähren.

Mein Seelenhirte – so nenne ich ihn – hat ein noch junges Gesicht, dicke Wangen und quicklebendige Augen hinter seinen Oculi, einer kleinen Brille mit Gläsern, nicht größer als ein Zehnfrancstück. Seine Dichtermähne wallt ihm über die Schultern, und das kahle Amphitheater über seiner Stirn verbirgt er unter einem Birett. Er trägt eine glänzende Soutane mit weißem Beffchen und geht immer kerzengerade, so dass er viel hochgewachsener aussieht, als er eigentlich ist.

Er entreißt uns, so gut es geht, den mahlenden Zähnen der Zeit und übergibt uns einem befreundeten Restaurator. Uns, das heißt: alle vernachlässigten Objekte, bis auf mich. Mich behält er in seiner Nähe. Bei der ersten Berührung spürt er dasselbe wie all seine anderen illustren Vorgänger: Ein Schauder läuft ihm den Rücken hinunter, als sei er im Bann einer verbotenen Begierde. Er befördert mich zu seinem Talisman. Mit trockenen Tüchern und einem warmen Plätzchen am Herd päppelt er mich auf, so dass ich wieder zu Kräften komme.

Im Fensterglas erhasche ich ein Bild meines Äußeren. Ich erschrecke. Meine Farben, lieber Jeschua, die Farben deiner unseligen Mutter, sind völlig verschossen!

Sobald ich mich einigermaßen erholt habe, nimmt André de l'Écluse mich mit auf eine weite Reise in den Süden.

Wir schreiben das Jahr 1869. Mein Seelenhirte ist zum sogenannten Vatikanischen Konzil eingeladen, einem

Treffen aller katholischen Oberhirten, um aktuelle Probleme der Kirche zu besprechen.

Wochenlang stecke ich in einer Reisetasche gefangen, während wir über holprige Straßen gen Süden fahren. Ab und zu streicht de l'Écluse mit den Fingern über meine Haut, und ich höre ihn leise stöhnen.

Unterwegs macht er kurz Zwischenstation in Turin, wo, wie man hört, ein wundersames Objekt aufbewahrt wird.

So treffe ich zufällig eine alte Bekannte.

Natürlich erkennt die ehrwürdige Frau Grabtuch mich nicht sofort wieder, als wir uns im Turiner Dom endlich begegnen. Schließlich war ich beim letzten Mal noch kein Heiligenbild. Schauen Sie, Frau Grabtuch, ich bin eine Ikone – auch wenn mein Stern ein wenig im Sinken begriffen ist.

Es ist ein merkwürdiges Wiedersehen, nach fast zweitausend Jahren. Ich bin ein altes Stück Holzbohle geworden, sie ein Fetzen, ein Lumpen in einer Vitrine. Auf ihrem leinenen Körper sind immer noch vage die Vorder- und Rückseite Jeschuas zu erkennen.

Mein Seelenhirte hält vor Frau Grabtuch kurz inne, so dass ich Gelegenheit bekomme, einen Moment lang mit ihr zu sprechen.

»Wie geht es dir?«, frage ich.

»Seit man mich hierhergebracht hat, ist es sterbenslangweilig«, erklärt sie, »aber davor habe ich die halbe Welt gesehen. Wie oft mussten sie mich vor Heiden und Andersgläubigen in Sicherheit bringen! Von Pontius zu Pilatus haben sie mich geschleppt. Sie wollten meine

Echtheit untersuchen. Selbst Krieg haben sie um mich geführt. Eine nicht alltägliche Laufbahn, sag selbst! Zu guter Letzt haben sie mich hier untergebracht, für die Ewigkeit, scheint es. Erbärmlich, aber ich lebe! Und du? Ich erkenne dich kaum wieder!«

»Ich bin ein Porträt geworden«, antworte ich, »eine Ikone, und auch bei mir hat nicht viel gefehlt, und es hätte ein schlechtes Ende genommen.«

»Du musst dich ein bisschen aufmöbeln lassen, alter Freund«, sagt Frau Grabtuch, »du siehst *forchtbar* aus! Ein Porträt, sagst du? Ah, jetzt sehe ich es auch. Wer soll das denn sein?«

»Maryam«, antworte ich, »Jeschuas Mutter.«

»Der sieht sie überhaupt nicht ähnlich. Was für ein Sonntagsmaler! Sieht der Abdruck auf mir ein bisschen wie Jeschua aus, was meinst du?«

»Lass dich mal anschauen. Übermäßig deutlich ist das Bild auf dir auch nicht. Verrückt, jetzt haben wir etwas gemeinsam. Zwei alte Scharteken, beide eigentlich nichts mehr wert, ich ein abgegriffenes Stück Holz, du ein zerfleddertes Nachthemd, aber weil auf uns etwas abgebildet ist, hält uns die halbe Welt für eine Sensation!«

»Wir sind schon etwas Besonderes. Aber auf uns ist ja auch nicht irgendwas abgebildet, jedenfalls auf mir nicht. Die Leute fallen bei meinem Anblick sogar in Ohnmacht. Schon an der Tür schlagen sie die Hand vor den Mund und kriegen alberne Schreikrämpfe. Oft sind sie Tausende von Kilometern gereist. In ihren Augen liegt der Wahnsinn der Hoffnung.«

»Ja«, lache ich, »das kommt mir bekannt vor.«

»Ob es sie glücklich macht?«

»Ganz bestimmt. Sie bilden sich ihr Glück ein und halten ihre Einbildung für real. Darüber habe ich oft nachgedacht, schon als ich noch ein Baum in der Wüste war und Maryam und Jeschua sich in meinem Schatten über ihr Schicksal beklagten. Die zwei konnten aber auch rumjammern!«

Frau Grabtuch lacht. Dann sagt sie auf einmal: »Das Ende ist immer noch nicht gekommen.«

»Welches Ende?«

»Na, das Ende der Welt. Weißt du noch, wie wir darüber gesprochen haben, damals – wie lang ist das jetzt her?«

»Nein«, sage ich, »das Ende ist nicht gekommen, aber es kommt bestimmt, irgendwann.«

Mein neuer Meister, ebenfalls Opfer des Wahnsinns der Hoffnung, das erkenne ich an seinem Blick, wird von einem Aufseher ermahnt: »Jetzt weitergehen, bitte!«

»So läuft das hier«, sagt Frau Grabtuch, »Grobiane, die weinende Menschen zur Beeilung auffordern. Was sind das für Manieren?«

»Es sieht wirklich ein wenig wie Jeschua aus«, sage ich noch zu ihr, »wenn man genau hinschaut jedenfalls.«

»Danke, alter Freund«, sagt sie, »leb wohl – oder auf Wiedersehen, nach dem Ende.«

Wir sind nicht immer einer Meinung, und sie hat ihre Marotten, aber trotzdem kann dieser betagte, ungewaschene Fetzen in dem gläsernen Kasten mich noch immer betören.

Als André de l'Écluse endlich in Rom ankommt, gießt es in Strömen. Aus meiner Reisetasche höre ich Getrappel von Hunderten Hufen und Stimmen in allen möglichen Sprachen. Erst als wir in seiner Unterkunft sind, einer Mönchszelle von zwei mal zwei Meter mit keiner anderen Einrichtung als einem Bett und einem Tisch, befreit mich André de l'Écluse aus meinem Gefängnis.

Er sagt, dass wir (ja, auch er spricht zu mir) hier lange Zeit bleiben werden, vielleicht sogar mehr als ein Jahr.

Ach, Jeschua, meine Güte, all die katholischen hohen Tiere, die über ein Jahr brauchen, ihre Probleme zu lösen!

Zum Glück nimmt André de l'Écluse mich jeden Tag mit an den Ort seines Wirkens. Der befindet sich fußläufig eine halbe Stunde von seiner Zelle entfernt; wir gehen durch endlose Gänge, an Wänden entlang, die über und über mit flämischen Wandteppichen geschmückt sind. Manchmal überqueren wir einen Innenhof (André de l'Écluse hält mich in der Hand), durch peitschenden Regen, um ein weiteres System labyrinthischer Flure zu betreten, voller antiker Skulpturen, die mit weißen Laken verhängt sind, unter denen hier und da ein nackter Fuß oder eine Hand hervorlugt. Ich möchte alles in Ruhe betrachten, doch André de l'Écluse geht nicht, er *stürmt* durch die Gänge in seinen grünen, schleifenbesetzten Samtschuhen und seinem glänzenden Talar, er rennt buchstäblich, fliegt wie eine Fledermaus, so dass ich keine Gelegenheit bekomme, mit den nackten Skulpturen ein Schwätzchen zu halten.

Bis auf ein einziges Mal, ganz kurz. Wieder rast André de l'Écluse durch die Gänge, bleibt aber einen Moment stehen, um einen anderen Mann, der ihm entgegenkommt, zu begrüßen.

Die Konversation verläuft hastig: »*Bonjour, ça va? Oui, ça va. Merci. Et toi? Ça va aussi. Ça doit aller. Adieu!*«, ungefähr so, wirklich kaum mehr, und dann jagen sie weiter, die zwei Seelsorger, jeder in eine andere Richtung, direkt auf ihr heiliges Ziel zu. Warum haben diese Männer es nur so eilig? Sie haben doch noch ihr ganzes Leben und danach das ewige Jenseits.

Ich habe die kurze Pause genutzt, ein Gespräch mit einer Skulptur anzufangen, die nicht unter einem Laken versteckt ist. Sie stellt einen splitterfasernackten Geschichtsschreiber dar, vom Beginn unserer Zeitrechnung, einen Mann, den niemand mehr kennt, doch der in dieser Galerie einen Platz gefunden hat. Er flüsterte mir zu: »He, du Schöne, Augenblick!«

Er meinte tatsächlich mich. Er sah beeindruckend aus, mit seinem zweitausend Jahre alten Bart, seinen durchdringenden, steinernen Augen und dem imposanten Geschlecht.

»Gedenke, o Schöne«, rief er, »wo du dich befindest!«

Automatisch schaute ich mich um. Ich hatte keine Ahnung.

»Weißt du noch, dass du einst einen Meister hattest, der Gaius hieß und von Kaiser Nero geholt wurde, Dei ex Machinae für ihn zu bauen, die nichts als Tod und Verderben hervorbrachten?«

Wie könnte ich das je vergessen? Nach dem Tod Jeschuas war das meine erste Begegnung mit der Welt außerhalb meiner heimatlichen Wüste.

»Und erinnerst du dich auch noch, *wo* das geschah?«, fragte der Geschichtsschreiber. Er wartete meine Antwort nicht ab. »Es war genau *hier*. Ja, schau dich ruhig um. Unter dir, unter uns liegen die Gebeine Hunderter Menschen, die vom kaiserlichen Dichter geopfert wurden, er, der seine eigene Mutter ermorden ließ, aber nur Huren vögelte, die ihr möglichst ähnlich sahen, und Christen in seinem Park als Laternen aufhängen ließ. An genau diesem Ort sind wir! Jetzt haben die Christen hier ihre Basilika erbaut, denn heute liegt die Macht bei ihnen. Auch ein merkwürdiges Völkchen, wenn du mich fragst…«

Es ist alles so lange her. Zur Zeit Neros war ich noch keine Ikone, sondern das Blockierstück in Gaius' Bühnenmaschinerie. Vor fast zweitausend Jahren! Wo bleibt die Zeit? Ich hätte gern weiter mit dem alten Mann geredet, Erinnerungen und Gedanken ausgetauscht, aber schon ist mein Seelenhirte weitergestürmt, als wäre er auf der Flucht vor den finsteren Reitern der Apokalypse.

»Wage dich nicht zu tief in die Höhle des Löwen, du Schöne!«, höre ich den alten Geschichtsschreiber mir noch hinterherrufen.

Als wir am Ziel unseres langen Wegs ankommen, fühle ich mich auf einmal ganz klein: Wir stehen im Petersdom, umringt von Hunderten von Quadratmetern voll Gold, Gemälden und Marmor. Was für ein Prunk, furchtbar! Jeschua schlief auf dem Boden und träumte von einer Laufbahn als Schauspieler!

Über diesen St. Peter – oder auch Petrus – habe ich

von André de l'Écluse eine Geschichte gehört. Petrus war einer von Jeschuas Jüngern, sein ursprünglicher, aramäischer Name war Kefa. Ich habe ihn einmal gesehen: Er war einer der Männer, die an dem Tag dabei waren, als Jeschua, nachdem er zu lange in der Sonne gestanden hatte, in drei Teile zerfiel, und zugleich derjenige, der Jeschua ständig unter die Nase rieb, er sei nicht ganz gescheit. Einige Jahre nach Jeschuas Tod wollte Petrus, der inzwischen in Rom gepredigt hatte, die Stadt Hals über Kopf wieder verlassen, um Kaiser Neros Häschern zu entgehen. Als er gerade außerhalb der Stadt war, sah er auf einmal Jeschua auf sich zukommen, gesund und munter, obwohl er doch seit langem gestorben war. Petrus fragte ihn, wo er hinwolle, und Jeschua antwortete: »Ich gehe nach Rom, um ein zweites Mal gekreuzigt zu werden.« Petrus begriff das als ein Zeichen. Er kehrte nach Rom zurück, wurde der erste Oberhirte der Kirche, der erste Papst also, und bat, als man ihn hinrichten wollte, ihn nicht so zu kreuzigen wie Jeschua, sondern kopfüber. Und so geschah es.

Ebenfalls erzählt mir André de l'Écluse, dass eine der Mauern des Petersdoms ursprünglich zu Kaiser Neros Zirkus gehörte. Ein Grausen überkommt mich, aber zugleich muss ich lachen: Wie ein Zirkus sieht der Dom immer noch aus. In langen Reihen sitzen die Prälaten einander auf Tribünen gegenüber, steife Tattergreise in blutroten Gewändern mit steifen Bischofsmützen wie der heilige Nikolaus. Sie schauen gequält drein, als litten sie seit Jahren unter Verstopfung.

Hinter ihnen dürfen die niedrigeren Geistlichen sitzen, unter ihnen auch mein Seelenhirte. Er ist anders als die anderen, finde ich, kommt mir vor allem sympathischer vor, aber das liegt natürlich daran, dass ich ihn kenne. Er trägt einen schwarz glänzenden Talar und muss entgegen seiner üblichen Natur stundenlang stillsitzen.

Auf einem Thron im Zentrum des Doms, unter einem Baldachin, sitzt mit vom Gewicht der Tiara vornübergebeugtem Kopf Papst Pius IX., grinsend. Er wird bewacht von hundertzwanzig Soldaten der Schweizer Garde, die gelangweilt in die Runde blicken. Sie tragen eine gelbrot-blaue Uniform mit Puffhosen und gefiedertem Metallhelm. In den Händen halten sie eine stahlspitzenbewehrte Stange, die sie Hellebarde nennen.

Auf einem Tisch vor dem Baldachin liegt ein Stapel Bücher neben einer Liste mit all den existentiellen Fragen, über die die Menschheit seit langem grübelt und die das Konzil beantworten soll.

Über den Köpfen der Nikoläuse schaut Jeschua zu, das heißt ein athletischer Gigant mit einem Lendentuch, groß wie ein Vorhang, und Nägeln wie Schwerter in Händen und Füßen. Sein Kreuz – eine Kopie von mir also, *vor* meiner Metamorphose – ist aus Balken von einem Ausmaß wie die Längsspanten eines Schiffs, mit dem man den Indischen Ozean befahren könnte. Seine Augen sind geschlossen, natürlich. Mein Kollege, der Schiffsbalken dort oben, hat ihm schon beim Sterben geholfen, doch trotzdem verläuft eine tiefe Furche über Jeschuas Antlitz, als spiegle er seinen Tod lediglich vor.

André de l'Écluse begrüßt seine Amtsbrüder; mich

hält er dabei in der Linken. Er erklärt stolz, ich sei die Abbildung Mariens, nach der er sein Leben lang gesucht habe, und dass es ihm wohl vorherbestimmt war, mich zu finden.

»So möge diese Ikone uns denn bei unseren Beratungen unterstützen«, sagt ein dunkelhäutiger Kardinal, »schließlich wird an diesem heiligen Ort Geschichte geschrieben.«

Auf einmal sehe ich, wie ein Würdenträger von der höchsten Tribüne herabsteigt, um André de l'Écluse zu begrüßen. Er stellt sich als Bischof Carbonara vor, und ich kann ihn nur mit einem Wort beschreiben: Skelett. Wie seine Amtsbrüder leidet er sichtlich unter Verstopfung. Aus seinem Blick spricht eine tiefe Verachtung für alles Schwache.

Er zeigt auf mich, sein Finger wie ein dürrer, ausgetrockneter Zweig.

»Dieses *Ding* also, hm...«, sagt er, »ist Ihrer Meinung nach russischer Herkunft?«

Er betastet mich, riecht an mir. Ich sehe, wie ein Schauder ihm den Rücken hinabfährt. Er hüstelt, als habe man ihn bei irgendetwas erwischt, reibt sich übers Gesicht und sagt zuletzt: »Ich glaube nicht, werter Padre de l'Écluse, dass wir hier im Vatikan *Objekte* dulden können, die, hm... *zur russisch-orthodoxen Kirche* gehören.« Die letzten Worte kommen mit deutlichem Widerwillen heraus.

»Was mich an diesem Gemälde fasziniert, Monseigneur, ist das Metaphorische«, erklärt André de l'Écluse, »die Symbolik. Betrachten Sie die Ikone einmal genauer –

man fragt sich doch: Sind ihre Augen geschlossen, oder hält sie sie gesenkt...«

»Das spielt hier absolut keine Rolle«, unterbricht ihn Carbonara. »Sie wissen, Padre de l'Écluse, dass wir seit dem Schisma von 1054 alles, was mit der russischen Kirche zu tun hat, als eine Gefahr sehen müssen. Wir haben den Anführer dieser Kirche, hm, exkommuniziert! Ich werde die Frage mit seiner Heiligkeit besprechen. Bis auf weiteres empfehle ich Ihnen, dieses *Ding* aus dem Dom zu entfernen, damit wir endlich mit unseren Beratungen anfangen können, denn durch Ihr Theater haben wir schon kostbare Zeit verloren.« Er wechselt einen Blick mit Papst Pius IX., der ungeduldig die Stirn runzelt.

Und so werde ich,»dieses *Ding*«, also entfernt. Während im Dom das Konzil eröffnet wird, schleicht André de l'Écluse sich in die Sixtinische Kapelle und legt mich auf einen der dort bereitstehenden Tische.

Insgeheim bin ich stolz darauf, den Beginn eines so bedeutenden Treffens von Nikoläusen verzögert zu haben – ich,»dieses *Ding*«.

Während der katholische Weltgipfel tagt, liege ich stundenlang in der Kapelle auf meinem Tisch. Mir gegenüber steht ein Buffet mit geräuchertem Speck, getrocknetem Fisch, Brot und Wein. In den Beratungspausen können die Nikoläuse sich hier offenbar stärken. Und das tun sie auch, nicht zu knapp! Mit vollem Mund erzählen sie einander Geschichten von Teufelsaustreibungen und mysteriösen Erscheinungen oder machen alberne Witze über Nonnen.

Dass ich noch Erlaubnis zur Rückkehr in den Petersdom bekomme, scheint mir wenig wahrscheinlich. Ich gehöre zum feindlichen Lager, und selbst de l'Écluse kann daran nichts ändern, wie hoch seine Stellung in der kirchlichen Rangordnung auch sein mag. Er ist, wenn ich so sagen darf, ein echter Katholik: ein gewissenhafter Priester, aber mit eigener Sicht auf die Dinge, einer Sicht, die er hinter salbungsvollen Worten und Nicken versteckt. Wenn sein Gewissen ihn plagt, schüttet er einfach im Beichtstuhl sein Herz aus und verfolgt danach seinen Weg unbeirrt weiter.

»Der Katholizismus«, sagt er nach vier Gläsern Wein, »hat auch so seine Vorteile.«

Jeden Abend nimmt er mich mit in seine Zelle, wo er noch ein paar Bauchmuskelübungen macht, den gut gefüllten Becher Wein, den er sich mitgenommen hat, austrinkt und sein Abendgebet spricht. In der Regel duselt er vor dem zweiten Ave-Maria schon ein.

Jeden Morgen darf ich ihn bis in die Kapelle begleiten, wo er mich an immer denselben Platz legt, ohne Hoffnung auf eine versöhnliche Geste des Papstes. Vor der Holzfigur eines Athleten am Schiffsbalken werfen sich die Nikoläuse massenhaft auf die Knie, aber mich finden sie ketzerisch und bedrohlich!

Was *ich* bedrohlich finde… Mann: die Darstellung des Jüngsten Gerichts in der Sixtinischen Kapelle! Ich bin ein Zwerg, und das Gemälde ist ein Gigant: So sind die Größenverhältnisse, ich kann mich gegen seine Übermacht also kaum wehren. Jedes Mal, wenn ich von dem grausamen Schauspiel gefolterter Seelen wegschauen will, drängt sich mir eine neue Figur auf – ich kann mich des Eindrucks nicht erwehren, dass der Maler, Michelangelo di Lodovico Buonarroti Simoni, wirklich alles aufgeboten hat, um die Betrachter das Fürchten zu lehren und so vom Glauben abzubringen – jawohl! Ich erzittere vorm Anblick des Bartholomäus, eines muskulösen Mannes, der nach der Legende für seinen Glauben lebendig gehäutet wurde und hier seine abgezogene Haut vor sich hin hält, auf die der boshafte Witzbold Michelangelo sein eigenes Porträt gemalt hat. Oder auch vor König Minos, dem Richter der Unterwelt, der mit einer Schlange abgebildet ist, die nach seinem Penis schnappt. Dieser Minos – höre ich von einem der Nikoläuse – stellt eigentlich Michelangelos Zeitgenossen und päpstlichen Zeremonienmeister Biagio da Cesena dar, der gegen zu viele Geschlechtsteile auf den vatikanischen Wänden protestiert hatte.

Nie zuvor, Jeschua, habe ich es so eindeutig erkannt, während es doch im Grunde ganz offensichtlich ist: Für deine Anhänger ist das Leiden ein Teil ihres Glücks. Sie bitten dich, flehen dich an: Lehre uns zu leiden, und du gibst uns das Glück!

Wenn ich's mir genau überlege, waren du und deine liebe Mama auch so.

Ich habe einen Traum. Auf der Erde erscheint ein Prophet, der die Lust predigt. Seine Anhänger singen das Lob des Weines, aber nicht, um ihn in Blut zu verwandeln, sondern als Liebestrank. Die Mutter des Propheten ist eine stämmige, fröhliche Bäuerin, die Kuchen backt und reiten kann. Der Vater ist kein römischer Legionär und auch kein unsichtbarer Allmächtiger, besessen von der fixen Idee, seinen Sohn leiden zu sehen, sondern ein fröhlicher Papa, der Fußball mag und Bier trinkt. Und jeder macht Liebe mit jedem, wo und wann immer sie Lust haben, auch Männer mit Männern und Frauen mit Frauen. Die Kirche ist ein Tanzsaal. Und das Leben ein Tanz. Und der Tod ist ein Tanz auf die andere Seite. Und die andere Seite...

Ich schrecke aus meinem Traum. Das Skelett Carbonara kommt auf uns zu. Er nimmt André de l'Écluse, der sich gerade ein Kanapee schmecken lässt, beiseite. Seine Augen brennen wie Feuer. Mein Meister versteckt mich unter seinem Talar. Carbonara hat es gemerkt, aber er stellt sich dumm.

»Was glauben Sie, Padre«, sagt er, während er den Blick über das Jüngste Gericht schweifen lässt, als sähe er das Gemälde zum ersten Mal, »wonach wird der Mensch, hm, einmal beurteilt?«

André de l'Écluse, der eine Falle vermutet, fragt zurück: »Wie meinen Sie das, Monseigneur?«

»Sind es die Erfolge in der Forschung und Erweiterung des Wissens, sein Hunger nach Erkenntnis, das ruhelose, hm, Streben nach immer neuen Dimensionen des Geistes, oder...«, er macht eine dramatische Pause, »ist es sein Festhalten am Glauben – was meinen Sie?«

»Michelangelo zufolge«, erwidert André de l'Écluse, »wird der Mensch nach seiner Treue zu Gott gerichtet. Die Hälfte der Menschheit oder vielleicht noch mehr wird verdammt, die andere Hälfte kommt ins Paradies.«

»Das ist nicht Michelangelos Meinung, das ist die

Lehre der Kirche. So steht es in der Bibel. Es sind Jesu eigene Worte. Aber Sie weichen mir aus, Padre, ich habe gefragt: Was ist wichtiger? Wissenschaft oder Glaube?«

»Als Adam und Eva im Paradies waren«, antwortet André de l'Écluse nach einigem Überlegen, »sprach Gott zu ihnen: ›Von allen Bäumen im Garten dürfet ihr essen, außer von diesem einen.‹ Aber dann kam die Schlange und sagte, sie sollten das doch tun, denn«, André de l'Écluse erhebt seine Stimme, »dann würden sie werden wie Gott, der alles wisse, sowohl das Gute als auch das Böse.«

»*Eritis sicut Deus, scientes bonum et malum* – genau«, ergänzt Carbonara, »Sie geben also zu, hm, dass die Wissenschaft, die den Menschen Gott gleichmachen will, Teufelswerk ist?«

André de l'Écluse räuspert sich. »Wie würden Sie lieber durchs Leben gehen, Monseigneur? Sehend oder blind?«

»Wenn ich blind wäre«, erwidert Carbonara, »müsste mich ständig jemand begleiten. Darum ist es mir natürlich lieber zu sehen. Warum fragen Sie? *Ich* glaube, Sie denken: Es ist besser, ein Blinder zu sein, ja mehr noch: Wir alle sind blind, und nur Gott kann alles sehen und uns auf den rechten Weg führen. Sie sind voller Einsicht.«

»Wenn ein Mensch krank ist«, entgegnet André de l'Écluse, »und ein Arzt kommt, der gerade ein neues Heilmittel entdeckt hat, sollen wir dann zu dem Arzt sagen: ›Tut uns leid, lieber Medizinmann, Gott führt diesen Kranken, und er wird dafür sorgen, dass für ihn alles gut wird.‹?«

»Das ist eine Fangfrage«, sagt Carbonara, »möglicherweise ist der Mediziner ja von Gott gesandt.«

»Das kann man nicht wissen«, erwidert André de l'Écluse, »er könnte genauso gut vom Teufel gesandt sein mit einem Gift, das den Kranken noch kränker macht. Oder unser guter Mediziner kann unterwegs zum Haus des Kranken verunglücken, so dass er nie bei ihm ankommt. Es gibt in diesem Beispiel unzählige Möglichkeiten.«

»Verwechseln Sie nicht den Zufall mit Gottes unergründlichem Ratschluss«, ermahnt Carbonara jetzt de l'Écluse.

»Sie glauben also, in allem wirke immer Gottes Wille, egal, ob es für unseren armen Kranken nun gut oder schlecht ausgeht?«

»Das ist der Grundsatz des Glaubens«, sagt Carbonara. »Sie als Geistlicher müssten das unterschreiben, sonst riskieren Sie Exkommunizierung. Aber Sie, hm, sind natürlich klüger.«

»Früher glaubte man«, erwidert André de l'Écluse, »die Erde sei eine Scheibe und Donner und Epidemien eine Strafe Gottes, aber das war ein Irrtum, eine närrische Lüge. Die Wissenschaft hat uns eines Besseren belehrt. Gott hat all die Jahre geschwiegen, als wollte er uns in Unwissenheit halten, aber wir sind neugierig, wir wollen immer mehr wissen, und das werden wir auch, immer mehr über uns selbst, über unseren Körper, über unsere Seele, über unseren Planeten, über das Universum – vielleicht gibt es sogar zig verschiedene Universen.«

»Wir müssen eine strikte Grenze ziehen«, erwidert Carbonara kalt, »zwischen Wissenschaft und Glauben.«

»Nein«, sagt André de l'Écluse, der ganz außer sich ist – so habe ich ihn noch niemals gesehen –, »wir müssen dafür sorgen, dass Wissenschaft und Glaube sich miteinander versöhnen.«

»Das ist unmöglich, Padre, denn die Wissenschaft ist nur darauf aus, die Existenz Gottes zu leugnen und dafür Beweise zu finden.«

André de l'Écluse holt mich unter seinem Talar hervor. »Sie nennen dies ein ketzerisches Objekt, weil es aus Russland stammt, wo man einer anderen Konfession angehört, obwohl die, wie bekannt, christlich ist…«

»Glauben Sie etwa, die russische Orthodoxie sei besser als der römische Katholizismus?«

»Das weiß ich nicht«, sagt André de l'Écluse, »vielleicht sind es zwei Glieder ein und desselben Körpers. Vielleicht ist die Wissenschaft ein drittes Glied, und vielleicht gibt es sogar noch viel mehr Gliedmaßen, die wir alle noch kennenlernen müssen.«

»Sie sind ein Abtrünniger, hierfür lasse ich Sie zur Rechenschaft ziehen. Und bringen Sie dieses Ding weg! Warum befindet es sich immer noch im Vatikan? Es bringt Unglück. Verbrennen Sie es, jetzt, auf der Stelle!«

»Ich glaube«, sagt André de l'Écluse, der nichts mehr zu verlieren hat, »dass Gott blind ist und dass wir ihm helfen müssen zu sehen.«

»Sie sind wahnsinnig!«

»Er fleht uns an. Er will von seiner Blindheit geheilt werden.«

Monsignore Carbonara hebt die Hände zum Himmel, murmelt ein Gebet und mustert André de l'Écluse mit eisigem Blick. »Dieses Konzil, dem tausend Geistliche aus der ganzen Welt angehören, muss der Menschheit in dieser verworrenen Zeit neuen Halt geben. Und Sie, ein einfältiger, hm, die Treppe hochgefallener Dorfpastor, wollen unsere Bemühungen, die Kirche für die kommenden Jahrhunderte, ich wiederhole: *Jahrhunderte*, zu einem Fels in der Brandung zu machen, vernichten, ich wiederhole: *vernichten*!«

»Ich denke«, entgegnet André de l'Écluse, »dass Ihre Kirche, wenn sie so wird, wie Sie sie haben wollen, ihr Todesurteil unterschreibt, und unsere Nachfahren werden das büßen müssen.« Er tippt mit dem Finger auf mich, Fluchholz, und flüstert: »Sie wollen nicht nur Gott, sondern auch den Menschen in Dunkelheit halten. Sie wollen nicht nur selbst blind sein, Sie wollen das gleich allen auferlegen. Sie machen aus der Blindheit Tugend und Selbstzweck.«

Der Bischof kocht vor Wut. Sein Gesicht wird puterrot, die Adern an seinen Schläfen schwellen an, seine Brust hebt und senkt sich. »Sie sind es nicht wert, Priester zu heißen«, sagt er, »ich bitte Sie zum allerletzten Mal: Entfernen Sie dieses Objekt von diesem heiligen Ort!« Er rollt mit den Augen, räuspert sich wieder und streckt grinsend die offene Hand aus.

»Was soll das?«, fragt André de l'Écluse.

»Das wissen Sie genau, Padre.«

André de l'Écluse drückt mich an seine Brust. »Sie wollen ... dass ich Ihnen meine Ikone gebe?«

»Nur so bin ich sicher, dass sie wirklich vernichtet wird. Na los, machen Sie schon. Die Bischöfe warten auf mich.«

André de l'Écluse schüttelt den Kopf und seufzt tief.

Ich muss an die Warnung des alten Geschichtsschreibers denken, mich nicht zu tief in die Höhle des Löwen zu wagen.

»Ich bin kein Freund harter Worte, Monseigneur«, sagt André de l'Écluse. »Das ist der erste wichtige Unterschied zwischen Ihnen und mir. Der zweite, noch wichtigere Unterschied ist, dass ich diese Ikone für ein herrliches christliches Kunstwerk halte, ohne mich für ihren materiellen Wert zu interessieren.«

»Sie sprechen in Rätseln«, sagt Carbonara, »und Sie verschwenden meine Zeit. Ich müsste längst zu meinen Pflichten im Dom zurückgekehrt sein. Um des Friedens willen, der Papst wartet auf mich! Geben Sie mir jetzt die Ikone!«

»Wie ich haben auch Sie gehört«, erwidert André de l'Écluse, »dass einer Ihrer Amtsbrüder, der dem Papst übrigens sehr nahesteht, genauso wie Sie, vor kurzem gesagt hat, meine Ikone könnte viel Geld bringen. Sehr viel Geld sogar. Er nannte auch einen Betrag.«

Carbonara will André de l'Écluse unterbrechen, doch der fährt unerschütterlich fort.

»Jetzt wird mir klar, dass der finanzielle Wert dieser Ikone Ihnen wichtiger ist als die angeblich mit ihr verbundene Gefahr ketzerischer Umtriebe. Ihre Moral, Monseigneur, ist verkommen, wie die des Papstes und seines Hofstaats. Sie wollen mir die Ikone nur wegnehmen, um sich zu bereichern.«

Mein früherer Meister Andrei Rubljow konnte den Großen der Welt gegenüber einen ähnlichen Ton anschlagen. Gut, Meister de l'Écluse, zeig's ihm!

Der Bischof ist immer noch puterrot. Dicke Schweißtropfen treten ihm auf die Stirn. Seine Augen sind groß wie Mühlräder. Er schnappt nach Luft, kann aber kein Wort mehr hervorbringen. Ohne André de l'Écluse noch eines Blickes zu würdigen, eilt er davon. In der Türöffnung höre ich ihn noch murmeln: *»Padre mio! Madre mia!«*, gefolgt von einem Wort, das durchaus geeignet wäre, die Sixtinische Kapelle – oder gar das Himmelsgewölbe – zum Einsturz zu bringen.

André de l'Écluse rennt durch die Gänge des Vatikans zu seiner Zelle, packt seinen Koffer und bestellt eine einspännige Kalesche.

Ein Krieg wütet in Europa, doch es gelingt ihm, die gefährlichsten Orte zu meiden. In einem Gasthaus, wo er über Nacht einkehrt, wird er von einem jungen italienischen Mönch angesprochen, der ihm, nach eigenen Worten, in einer wichtigen Mission nachgereist ist. Wer ihn geschickt hat, will er nicht sagen.

»Ich soll Ihnen mitteilen«, sagt er in perfektem Französisch, »dass Sie sich unmittelbar nach Ihrer Rückkehr zu Hause bei Ihrem Bischof melden sollen.«

»Und warum soll ich das tun?«, fragt André de l'Écluse misstrauisch.

»Der Bischof will nur Ihr Bestes«, erwidert der Mönch.

Am nächsten Morgen ist der Mönch spurlos verschwunden. André de l'Écluse bricht auf, ohne zu frühstücken. Doch er fährt nicht nach Hause, sondern sucht einen Ort weit entfernt von Rom und vom Krieg, einen Ort, wo er allein sein und nachdenken kann.

Ab und zu streicht er kurz über mich. Dann schließt er die Augen, und ich sehe, wie er erzittert.

Nach zwei Tagen schneidet eine elegante Kutsche mit geschwärzten Scheiben seiner Kalesche in den Bergen den Weg ab. Zwei Männer in schwarzen Mänteln stürmen auf André de l'Écluse zu. Sie verlangen von ihm, ihnen seine Ikone – mich also – zu geben. Er weigert sich höflich und fragt, was sie damit wollen. Einer der Männer verpasst ihm einen Schlag, so dass seine Brille zersplittert. Der andere Mann durchsucht das Gepäck und holt mich zum Vorschein. Dann zieht er den Revolver und schießt dem Kutscher in den Kopf.

André de l'Écluse fleht: »Geben Sie mir meine Ikone, bitte! Ich brauche sie als Schutzpatron auf der Reise!«

»So, machen der Herr eine Reise«, erwidert der Mann mit der Pistole. »Da wünsche ich gute Fahrt.« Er richtet die Waffe auf die Brust André de l'Écluses und drückt ab.

Die Leichen werden in eine Schlucht geworfen. Die Männer stecken mich in ihre Tasche, wo ich lange Zeit eingesperrt bleibe, binden das Pferd der Kalesche an ihre eigene Kutsche und fahren davon.

Ich weiß nicht, wer diese Kerle sind, gedungene Mörder im Auftrag des Vatikans oder gewöhnliche Diebe, die wussten, dass sich ein kostbares Objekt in der Kalesche befand. Ich.

Für mich spielt es keine Rolle, wie kostbar ich bin. Es hat mir das Leben gerettet, wieder einmal, aber mich 163 gleichzeitig einen Meister gekostet. Ratternd fährt die elegante Kutsche einem neuen Ziel entgegen, aber ich will kein neues Ziel, ich will überhaupt nichts, ich will nichts mehr mit der Menschheit zu tun haben.

KAPITEL SIEBEN

eine Parabel

ICH weiß nicht mehr, wer mir die folgende Parabel erzählt hat. War es André de l'Écluse oder einer seiner Freunde? Oder hat Cogito Darwin sie in seinem Nachtbuch notiert? Habe ich sie in einem Traum gehört? Oder von einem der Nikoläuse in der Sixtinischen Kapelle? Ich weiß es nicht mehr. Jedenfalls scheint mir jetzt der richtige Zeitpunkt, sie zu erzählen.

Ein Mann tastet sich mit den Zehen die Straße entlang – vorsichtig, damit er nicht fällt. Vor dem Bauch trägt er ein Paket, das ihm die Sicht auf den Boden nimmt. Kurz darauf bekommt er ein zweites Paket, ein noch größeres, das er kaum zu tragen vermag. Wer ihm dieses Paket gegeben hat, darauf hat er nicht geachtet. Er bekommt ein drittes Paket und lädt es sich auf die Schulter. So geht er von einer Stadt zur nächsten, wankend, mit blutigen Füßen, über einen holprigen Weg voller Karrenspuren und Dreck. In jeder Stadt blickt man ihm lang hinterher. Nach einiger Zeit wird ihm ein Ballen auf den Kopf gebunden. Er kann nur mühsam sein Gleichgewicht halten. Er muss kerzengerade gehen, um alles tragen zu können, ohne zu stürzen. Jetzt werden zwei Pakete mit Seilen an seinen Knöcheln befestigt. Er kann die Pakete nur vorwärtsbewegen, indem er sich Schritt für Schritt vortastet, mit den Zehen den Schlaglöchern in der Straße ausweichend, während er die Pakete an seinem Körper im Gleichgewicht halten muss. Dann bekommt er noch ein Paket vor den Bauch. Er fällt vornüber, rappelt sich aber wieder hoch. In einem Versuch, es ihm leichter zu machen, bekommt er noch ein Paket auf den Rücken gebunden. Wer ihm da hilft, kann er nicht sehen oder besser: Er schenkt ihm keine Beachtung. Jetzt fällt er nach hinten und zappelt ein Weilchen wie ein Käfer, doch zu guter Letzt gelingt es ihm, das Gleichgewicht wiederzufinden und die nächste Stadt zu erreichen. Es ist beinah unmöglich, noch einen Schritt vorwärts zu machen, doch es gelingt ihm. Endlich erreicht er die letzte Stadt.

Die Bewohner fordern ihn auf, seine Pakete abzugeben. »Ich habe die Pakete so weit getragen«, erwidert er, »ich gebe sie keinem Wildfremden.«

»Weißt du denn, was in den Paketen drin ist?«, fragen die Bewohner der Stadt.

Der Mann hat nie versucht nachzusehen, was sich in den Paketen befindet. Er ist den ganzen Weg gelaufen, ohne zu wissen, was er da eigentlich trug. Er glaubte an die Notwendigkeit seines Tuns, es sei gut und sinnvoll. Es sei absolut sinnlos gewesen, sagen die Leute. Sie öffnen die Pakete. Die Pakete sind leer. Dabei waren sie so schwer, als wären sie mit Steinen gefüllt.

»Hätte ich gewusst, dass sie leer sind, hätte ich sie niemals so lange getragen«, sagt der Mann.

»Dann wärst du hier nie angekommen«, sagen die Leute, »denn dann wärst du so leicht gewesen, dass ein Windhauch dich hätte wegblasen können.«

»Was soll ich jetzt tun?«, fragt der Mann.

»Wir werden deine Pakete vollmachen«, antworten die Bewohner der Stadt, »und dann musst du dorthin zurückkehren, wo du hergekommen bist, dann ist deine Aufgabe vollbracht.«

Er ist so müde, dass er nicht über diese Worte nachdenkt. Er nimmt die Pakete, die jetzt bleischwer sind, und macht sich auf den Weg.

Viele Jahre später erreicht er wieder die Stadt, aus der er einst aufgebrochen ist. Er ist alt und gebeugt vor Schmerzen. Mit einem Mal geht ihm auf, dass er all die Jahre wieder nicht nachgesehen hat, womit die Pakete eigentlich gefüllt sind. Mit bebenden Fingern öffnet er sie. Die Pakete sind allesamt leer.

Die Nacht bricht herein. Der arme Mann legt sich auf die Straße, deren Steine er so gut kennt, weil er sie einen nach dem anderen mit den Zehen abgetastet hat. Er fragt sich, ob seine Aufgabe nunmehr erfüllt ist. Ob er jetzt zufrieden sein darf.

Im dunkelsten Moment der Nacht kommt wie ein Blitzstrahl der Tod.

Jetzt weiß ich wieder, wo ich diese Parabel herhabe. Es war in einem Traum, in einem der Momente, als ich nur noch tot sein wollte. Es war das treffendste Bild vom Menschen und der Welt, das mir je in den Sinn gekommen ist, und mir graut jedes Mal, wenn ich daran zurückdenke.

KAPITEL ACHT

von einem Paradepferd,
einer Schießscheibe,
Schmalzstullenschmierern
und dem Embryo aller Möglichkeiten

SEIT dem Raubmord an André de l'Écluse bin ich ein teurer Spaß geworden. Mein Wert entspricht dem ganzer Häuser, Paläste, Menschenleben. Als Handelsgut kehre ich nach Russland zurück, dem Land, das dank Gottszuckerschneckchen mein Schicksal geworden ist und das nun, Anfang des zwanzigsten Jahrhunderts, wie ein einziges Trümmerfeld aussieht, allerdings – wie ich höre – im Begriff steht, sich wie Phönix aus der Asche zu erheben. Vorläufig jedoch sehe ich nur Trümmer. In einer goldenen Kutsche fahre ich durch ein Land, das unter Typhus, Krieg und Hungersnot stöhnt. Ich bin ein Paradepferd in einem Schweinestall. Von Soldaten, unterwegs ins Feld zweifelhafter Ehre, werde ich geküsst, und kurz darauf von ihren Witwen und Müttern, die bei der blinden Maryam Trost suchen.

Es kommt zur Revolution. Das Volk zieht durch die Straßen, die Losung lautet »Friede, Freiheit, Land und Brot«. Der Zar, letzter Nachfolger des Großfürsten, der einst Andrei Rubljow die Augen ausstechen wollte, muss abdanken. Noch ein Mal sehe ich ihn auf einem Balkon stehen, besiegt einer klagenden Menge zuwinkend. Offiziell heißt es, er sei danach ins Ausland geflohen, aber ich höre andere Geschichten: Mitten in der Nacht soll er von betrunkenen Soldaten im Auftrag des bolschewistischen Revolutionsführers Lenin ermordet worden sein, zusammen mit seiner Familie, irgendwo tief im Ural, weil eine neue Zeit angebrochen ist, die Zeit der Sowjets, in der es keinen Platz für Aristokraten mehr gibt. Die Leichen seien in einen aufgegebenen Bergwerksschacht geworfen und dann mit Salpetersäure übergossen worden, damit kein Mensch sie je wiederfindet.

Ich weiß nicht, ob diese Gerüchte stimmen, ich sehe nur das völlige Chaos. Läden werden geplündert, Kirchen demoliert. Den einen Tag werde ich noch angebetet, am nächsten bin ich wertloser Schrott. Ich sehe, wie die Ikonen Spruchbändern mit schrillen Parolen weichen. Zunächst wissen die revolutionären Soldaten nicht, was sie mit uns tun sollen. Sie erhalten widersprüchliche Befehle oder gar keine. Wie alten Plunder werfen sie uns in Scheunen und starren uns an. Für sie sind wir Relikte einer mit der Revolution untergegangenen Zeit, der Zeit der Zaren und des orthodoxen Gottes, und diese Relikte müssen verschwinden. Vor ein paar Jahren spielten sie noch mit Holzfiguren, immer noch riechen sie nach der Brust ihrer Mutter. Wir sind ihren Augen vertraut, jeden Moment ihres Lebens haben wir begleitet. Sie denken an den Hof ihrer Jugend, wo sie unter der Hausikone Borschtsch mit frischem Dill und Sauerrahm aßen. Jetzt ziehen sie brüllend durch die Straßen, Gewehr im Anschlag, unterwegs in eine leuchtende Zukunft. Und in dieser Zukunft ist für uns kein Platz – für uns, die wir früher Symbole des Lichts waren.

Eines Nachmittags saufen sie sich Mut an. Sie hämmern an die Tür der Scheune, wo ich zusammen mit Dutzenden Leidensgenossen liege. Meine älteste Angst kehrt zurück: Römer, Tataren, Moslems, Päpste, alle waren von mir wie hypnotisiert, und zugleich war ich der Splitter im Auge ihres Nächsten (um Jeschuas Metapher zu gebrauchen). Entweder wollten sie mich besitzen, oder sie wollten mich vernichten.

Die Tür der Scheune springt auf. Unwillkürlich muss ich an das Gekreisch der Kakadus von Cogito Darwin denken. Im hereinströmenden Sonnenlicht atme ich kurz auf. Wir Ikonen absorbieren das Licht, wir trinken es und werfen es in himmlischen Farben zurück.

Sie lachen, die Milchbärte mit ihrem großtuerischen Grinsen. Diesmal haben sie einen eindeutigen Befehl. Und den führen sie aus. Ihre Hände tropfen von Blut. Ihre Münder brennen vom Wodka. Ihre Opfer sollen die Welt besser machen. Und dieser besseren Welt opfern sie alles: ihren gesunden Menschenverstand, ihre Manieren, ihre Familien, das zerbrechliche Glück ihrer Kinderträume.

Die Opfer von heute sind wir.

Sie raffen uns zusammen, als wären wir Sperrmüll, und stellen uns auf einen improvisierten Tisch an der Wand. Wir sind ungefähr zehn, zehn Ikonen, ich bin die älteste. Sie stellen sich mit nur ein paar Meter Abstand direkt vor uns hin. Ich kenne die Art Waffen, die sie dabeihaben: Mit genau solch einer wurde André de l'Écluse ermordet.

In einer Reihe stehen wir an der Wand, wie zu einer Ausstellung. In den vergangenen Monaten haben wir uns kennengelernt, der Krieg hat uns einander nähergebracht. Wir teilten ähnliche Erlebnisse von Opferbereitschaft und Stolz, erinnerten uns an unsere Herkunft, und oft genug erzählten wir uns die Geschichte unseres Entzückens bei der entscheidendsten Metamorphose unseres Lebens: der Metamorphose vom bloßen Holz zur Ikone.

Der erste Soldat legt an. Er zielt auf die Ikone des heiligen Nikolaus, der ein geöffnetes Buch hält. Die Kugel geht genau durch das Buch. Die Ikone bricht mitten entzwei.

Der zweite Soldat zielt nicht. Er fuchtelt betrunken mit seiner Pistole herum und versucht, auf irgendetwas zu schießen. Im Spaß richtet er die Pistole auf seine Kameraden, die ihm einen Schlag vor den Kopf verpassen. Er lacht und schießt auf die Ikone des Pantokrators, Jeschuas als Herrn der Welt. Die Kugel bleibt in der Wand stecken, direkt über Jeschuas Aureole. Der junge Bursche schießt noch mal, die Kugel landet im Tisch. Er flucht, schießt noch einmal – fast in den eigenen Fuß – und gibt auf.

Der dritte Soldat hat eine automatische Pistole. Er sieht älter und wichtiger aus, ich weiß nicht, warum, irgendetwas in seinem Blick, der härter und erfahrener ist. Er schießt zwanzigmal innerhalb weniger Sekunden. Jede von uns wird mehrmals getroffen, ich an drei oder vier Stellen. Meine Haut reißt. Ich rieche mein Inneres, verkohltes Holz, heißes Öl, altes Harz. Es sind entsetzliche Schmerzen.

Die ganze Zeit über denke ich nur eins: Wenn sie nur Maryams Augen nicht treffen. Für irgendjemanden müssen die sich doch einmal öffnen.

Der vierte Soldat ist der Jüngste, ein Kind noch. Er kommt auf mich zu, bläst den Staub von mir herunter und legt den Finger in meine Wunden. Er streichelt sie! Ich sehe ihn erbeben. Er sagt etwas zu den anderen. Er weint. Tränen fallen auf meine Wunden.

Er wartet, bis die anderen gegangen sind. Jetzt zittert er noch mehr. Er murmelt uralte Worte, die ich nur allzu gut kenne. Zu guter Letzt sagt er: »Ich kann das nicht, ich kann nicht...«

Er nimmt sein Gewehr, steckt es sich in den Mund und drückt ab.

Wer von uns nicht völlig zersplittert ist, bekommt ein neues Leben als Schneidebrett in der Kasernenkantine.

Dies wage ich keine Metamorphose zu nennen.

Wer von uns hat es besser? Die Ikone des heiligen Nikolaus mit dem geöffneten Buch, die im Kanonenofen endet, oder ich, auf der fortan Zwiebeln geschnitten und Schmalzstullen geschmiert werden?

Der Junge, der sich erschossen hat, wird posthum wegen Landesverrats zum Tode verurteilt.

Unter den Schmalzstullenschmierern befinden sich junge Künstler, die ungewollt – oder auch höchst absichtlich – bei den kommunistischen Revolutionären gelandet sind. In ihren freien Stunden tauschen sie die Pistole mit dem Pinsel. Sie schmuggeln die Schneidebretter aus der Kaserne, also auch mich, und bringen uns ins Atelier ihres

Meisters Kasimir Malewitsch, eines Radikalavantgardisten, der von den einen als Scharlatan und von den anderen als größter Erneuerer aller Zeiten betrachtet wird.

Meister Malewitsch hat seinen Traum von einer freien Welt, in der die Kunst triumphieren wird, bis auf weiteres eingemottet, nachdem er einige Monate in einer Zelle zubringen musste. Jetzt sitzt er auf seinem Sofa in einem ungeheizten Lagerhaus, das er sich als Atelier eingerichtet hat, und starrt mich an. Er ist weltberühmt und müde.

»Die Menschheit«, höre ich ihn sagen, »hört nicht auf, sich zu vernichten, neu zu erfinden und wieder zu vernichten, immer wieder und wieder, im Bann eines dumpfen Drangs nach Zerstörung und Tod. Und jedes Mal steht aus den Trümmern jemand auf, der den Leuten eine neue Zukunft vorgaukelt.«

Die Wahrheit seiner Aussage sehe ich mit einem Blick aus dem Fenster: Ein Tross hungriger Menschen zieht durch das unermessliche Russland, vor ihnen flatternd die Fahnen der Hoffnung, hinter ihnen die unzähligen Toten.

Ich bekomme die Bilder von Meister Malewitsch nicht zu Gesicht, weil sie überall auf der Welt ausgestellt werden. In seinem Atelier stehen nur leere Leinwände und starren ihn an. Er wirkt wie ein Mönch, der trotz eisiger Kälte unermüdlich über die Verbesserung der Welt nachdenkt. Er schreibt und zeichnet bis tief in die Nacht. Nur um die Asche von seiner Zigarette zu schnippen, unterbricht er die Arbeit.

»Die Kunst darf nicht das Leben zum Inhalt haben«, liest er vor, »der Inhalt des Lebens muss die Kunst sein.«

Eines Nachts legt er seine Notizen beiseite und starrt mich lange an. Ich schäme mich. Die besten Zeiten liegen hinter mir. Die Farben, die Gottszuckerschneckchen so mühevoll aufgetragen hat, sind verschossen, der Firnis ist geborsten, mein Holz wird morsch, und die Einschüsse – es sind drei, zum Glück nicht in Maryams Augen – haben mich geschwächt. Wenn ich jetzt hinfiele, würde ich unwiderruflich zerbrechen. Auch meine Geisteskräfte lassen nach. Ich denke zwar noch, aber nur mit halber Kraft.

Doch Aufgeben gehört nicht zu Meister Kasimirs Wortschatz. Er hält mir eine Standpauke, so jedenfalls deute ich seinen strengen Blick, und behandelt mich mit einer Beize, die mich wieder kräftigt und wohlriechend macht. Er benutzt kleine Metallklammern, um die gerissenen Stellen um die Einschusswunden zu heften wie ein Chirurg, und trägt zuletzt neuen Lack auf.

Wundervoll: ein Mensch, der sich um mich kümmert, ein Mensch, der will, dass ich schön bin!

Er muss Ikonenmaler sein, es geht gar nicht anders. Niemand sonst wüsste, wie man eine Ikone restauriert.

Am nächsten Tag ist alles auf einmal ganz anders. Meister Kasimir stellt einen bespannten Keilrahmen auf eine Staffelei und mischt Farbe auf einer Palette.

Was er malt, kann ich nicht erkennen. Ich sehe nur seinen aufmerksamen Blick und die Hand, die vor der Leinwand hin und her gleitet. Er arbeitet langsam und ausdauernd, als müsse er eine komplizierte Rechenaufgabe lösen, sorgfältig, damit nichts schiefgeht. Jeder neue Strich ist eine mathematische Operation, aus der neue mathematische Operationen hervorgehen. Ich bin rasend gespannt auf das Ergebnis. Er sieht aus wie ein Gott, der über die Formel für die nächste Schöpfung nachsinnt, eine Schöpfung, in der er die alten Schnitzer nicht wiederholen will. Nichts sonst erregt seine Aufmerksamkeit, auch nicht der traurige Tross draußen vorm Fenster, der jetzt noch länger ist, angeschwollen um Massen von Flüchtlingen. Nur mich schaut er an, während er malt, und ich sehe, wie langsam Befriedigung sich in seinem Gesicht ausbreitet, ein tiefes, friedliches Glück.

Er nimmt das Gemälde von der Staffelei. Ich kann es immer noch nicht erkennen. Er hängt es an der Stelle auf, die man im alten Russland die schöne oder auch goldene Ecke nannte, den Ort der Ikone im Wohnzimmer, links oben, schräg unter der Decke. Im Herrgottswinkel.

Jetzt sehe ich es.

Das Gemälde zeigt ein schwarzes Quadrat, schwarz auf weißem Grund. Sonst absolut nichts.

»Das hier«, sagt Meister Malewitsch, »ist der Embryo aller Möglichkeiten.«

Kurze Zeit später landet bei Meister Kasimir eine Zeitung im Briefkasten, die den Maler Malewitsch als schlechten Kommunisten bezeichnet, der sich dekadenter Tendenzen schuldig gemacht habe.

Das schafft eine besondere Beziehung zwischen mir und dem Schwarzen Quadrat. Beide gelten wir nun als dekadent, ich, weil ich aus der alten Zeit stamme, das

Quadrat, weil es seiner Zeit voraus ist. Unser lieber Meister ist der Einzige, der das begreift.

Meister Malewitsch wird krebskrank und stirbt. Sein Leichnam wird gewaschen und gesalbt und auf einem weißen Podest aufgebahrt. Über ihm hängt das Schwarze Quadrat. Ein Freund des Meisters nimmt uns Dekadente mit zur Beerdigung. Es ist ein warmer Frühlingstag. Unzählige Menschen sind auf den Beinen. Sie schwenken Fähnchen mit dem Symbol des Schwarzen Quadrats. Auch auf dem Sarg des Meisters findet sich dessen Abbildung, zusammen mit einem schwarzen Kreis. Meister Kasimir wird unter einer Eiche begraben, und ein befreundeter Bildhauer verspricht, einen weißen Kubus auf dem Grab zu errichten, mit einem Abbild des Embryos aller Möglichkeiten.

»Kein Phänomen stirbt jemals wirklich«, liest der Freund aus Meister Kasimirs Tagebuch vor, »und nicht nur der menschliche Körper, auch unsere Ideen kehren in immer neuen Gestalten zurück.«

Ich stecke in einer Umhängetasche, trauernd, aber auch etwas verstimmt, weil ich keinen Platz auf Malewitschs Sarg oder Grab bekommen habe. Als wir uns jedoch ansehen, das Schwarze Quadrat und ich, begreife ich plötzlich, was uns verbindet und warum ich keinen Grund habe, das bahnbrechende Gemälde zu beneiden.

Wir schauen einander an. Das Schwarze Quadrat voll sprachloser Bewunderung, ich beinahe erschrocken.

Das Quadrat sieht die tragische Schönheit der Geschichte. Ich sehe den Mahlstrom der alles verschlingenden modernen Zeit.

Wir betrachten uns im Spiegel des jeweils anderen. Wir zeigen, was sich im Lauf eines Jahrtausends am Menschen vollzogen hat.

Ich zeige dem Quadrat seinen Ursprung. Es zeigt mir meine Bestimmung.

Wir schauen aufeinander wie durch ein Fenster. Das Quadrat in eine opulente Vergangenheit, ich in eine unergründliche Zukunft.

Für das Quadrat bin ich die unbefriedigte Sehnsucht. Für mich ist das Quadrat die unersättliche Hoffnung.

Zusammen sind wir Ende und Anfang, Dunkelheit und Licht, Verhängnis und Ursprung.

Wir spiegeln das Verlangen und die Verzweiflung jener, die zu uns kommen, uns anschauen, wir spiegeln ihre Zweifel und ihren Trost.

Durch uns wird nichts je wieder so sein wie früher.

Alles ist zu Ende, und alles hat wieder begonnen.

Es erinnert mich an den Moment, als Jeschua sagte: »Ich habe in die Vergangenheit geblickt, um die Zukunft zu sehen.«

KAPITEL NEUN

von einem Göttersohn, einem
tragischen Tausch
und einem überfüllten,
aber leeren Palast

EINIGE Jahre lang liege ich vergessen im verstaubten Atelier meines toten Meisters, bis die Menschheit einen neuen Krieg vom Zaun bricht, der hierzulande der »Große Vaterländische« genannt wird, in dem Russland und Deutschland einander bekämpfen. Militärs nehmen das Atelier in Beschlag und machen es zu ihrem Hauptquartier. Die zig Versionen des Schwarzen Quadrats an den Wänden interessieren sie nicht, mich aber betrachten sie mit außerordentlichem Interesse. Einige von ihnen sind so jung, dass sie nicht einmal wissen, was die Abbildung auf mir bedeutet, andere erinnern sich an die Ikonen im Haus ihrer Eltern. Sie berühren mich und erschrecken. Für einen Moment habe ich Angst, ich könnte zu meinem alten Status als Schneidebrett zurückkehren müssen.

Unter den Militärs befindet sich ein circa dreißigjähriger Unteroffizier mit tiefschwarzem Haar und feurigen, südländischen Augen. Er heißt Jakow Dschugaschwili, ein georgischer Name, und es dauert eine Weile, bis mir aufgeht, warum alle hier ihm mit Vorsicht und größtem Respekt begegnen. Er ist der Sohn des Generalsekretärs Josef Stalin, des Führers der Sowjetunion, über den man flüstert (das heißt bestimmte Soldaten, wenn Jakow nicht in der Nähe ist), dass er sein Land auf den Gebeinen seines Volkes errichtet und dass sein Imperium allmählich mehr tote als lebende Einwohner zählt.

Als er einmal Urlaub hat, nimmt Jakow mich mit zu seinem Vater, und so bekomme ich den Diktator von nahem zu sehen. Ich weiß nichts über dessen Gefühlsleben, und auch nicht, wie gut er es zu verbergen versteht. Auf jeden Fall aber hat er überraschend weiche Hände, und er lächelt, als er mich in die Hand nimmt. Seine Lippen zittern einen Moment. Dieser Mann hat die halbe Welt in seiner Gewalt und ist bereit, alles und jeden zu opfern, wenn es seiner Macht auch nur im Entferntesten dient. Ich bin mir ganz sicher, er will mich in den Ofen werfen, aber nein, er gibt mich seinem Sohn zurück.

»Bei jemandem mit deinem Spatzenhirn«, sagt der Vater, »wundert mich nicht, dass dir so was noch etwas bedeutet.«

In Stalins Imperium ist der Gott der Ikonen ausgelöscht – davon kann ich ein Lied singen – und durch den Diktator höchstpersönlich ersetzt, doch sowohl Jakow als auch sein Vater mustern mich heimlich mit ehrfürchtigem Blick. Vater Stalin, der tief im Innern befürchtet, es könne doch etwas Größeres geben als ihn, ist fest überzeugt, dass ich all seine Gedanken und Absichten durchschaue, auch wenn ich ihn nicht sehe. Meine geschlossenen Augen reizen ihn geradezu körperlich. Stalin betrachtet mich als sein schlechtes Gewissen. Sein

Sohn ist der x-te Mensch, der mich für einen Glücksbrin-

ger hält und darauf hofft, dass ich ihn auf dem Schlachtfeld beschütze.

Beide erliegen einem Irrtum.

Tief in den Weiten Weißrusslands liegt das Dorf D.,
dessen Bewohner den Winter mit dem überleben, was
sie im Herbst verstecken können. So läuft das schon
immer, höre ich, und erst recht jetzt im Krieg, von dem
niemand weiß, wie lange er noch dauert. In ihren Kellern
haben sie Speck, Kartoffeln und Rote Beete eingelagert,
auf dem Speicher das Korn und in der Regengrube, gut
versteckt unter einer Schicht Holz und Grassoden, den
selbstgebrannten Birkenwodka.

D. liegt in der Nähe der Front, die jeden Tag näher
rückt. Wenn von weitem unklar ist, ob Truppen zum
feindlichen oder befreundeten Lager gehören, verstecken die Dorfbewohner sich in den Scheunen, bewaff-
net mit Sensen und Mistgabeln. Auch das machen sie so
seit Jahrhunderten. Meist endet es damit, dass sie zusammen mit den Soldaten, fast immer Jungen im Stimmbruch, zu welchem Lager sie auch gehören, ein Gläschen
trinken und ein paar Eier mit Schmalz verputzen, denn
Krieg ist Krieg, und bald müssen die Jungs wieder hinaus aufs Schlachtfeld, dem Heldentod entgegen, und
dann soll man wenigstens was im Magen haben und ein
bisschen Sternenfunkeln im Kopf.

Ob diese Jungen im Stimmbruch nun die Sprache von
Hitlers Goethe oder Stalins Puschkin sprechen, macht
keinen Unterschied. Es sind arme Burschen, die einen
wie die anderen, ratlos, müde vom Töten und sterben
Sehen, und alle wollen sie zurück nach Hause, in ihr Dorf

irgendwo in Pommern oder Karelien, um barfuß am See den Sonnenuntergang zu betrachten und zu den badenden Mädchen zu schielen. Das höre ich von ihnen selbst, als sie an einem ruhigen Abend einmal ums Lagerfeuer herumsitzen und singen.

Jetzt kommen wir also nach D. Ich stecke in Jakows Tornister und höre, dass die Front sich wieder verschoben hat: Von nun an gehört D. endgültig wieder zum sowjetischen Lager. Das soll sich noch als Irrtum herausstellen.

Doch Rache ist süß.

Mütter werden auf einem Stuhl festgebunden und müssen zusehen, wie zehn Soldaten ihre Töchter vergewaltigen. Danach werden sowohl Mütter als auch Töchter skalpiert und auf einem Acker liegen gelassen, der sich vom Blut rot färbt. Mit brechendem Blick sehen sie später, wie ihre Männer, Väter und Söhne an die Türen ihres Hauses genagelt werden, wie Jeschua damals ans Kreuz, die abgeschnittenen Genitalien im Mund. Zu guter Letzt werden die Vorräte geplündert, und die hölzernen Bauernhäuser, wo so viele Kinder zur Welt kamen und all ihre schönen Erinnerungen liegen, brennen bald lichterloh.

Jakow Stalin schaut weg und spricht leise zu mir. Er erzählt von seiner Braut, die er einmal zur Datscha seines Vaters mitnahm – »schmuggelte«, müsse man eigentlich sagen, meint er, denn schon damals wurde die Datscha scharf bewacht, weil sie dem Mann gehörte, der sich als Gottes Gesandten höchstpersönlich betrachtet. Jakows Braut, die nicht seine Braut war, aber hoffte, es bald zu werden, hieß Filka, und sie war nicht blond, wie alle anderen Mädchen, die Jakow kannte, sondern schwarzhaarig. Filka hatte auch schwarze Augenbrauen und lange, schwarze Wimpern. Sie war Jüdin. Jakows Vater kannte sie nicht, wusste nicht einmal, dass es sie gab, ganz zu schweigen von ihrem Verhältnis zu seinem Sohn, das noch kein Verhältnis war, nur ein Verlangen. Als Vater Stalin den Sohn mit einer Jüdin erwischte, wurde er fuchsteufelswild, so dass Filka floh und gleichsam vom Erdboden verschwand; jedenfalls hat Jakow sie nie mehr gesehen, sosehr er auch suchte. Krank vor Kummer, wollte er sich ins Herz schießen, doch in seiner Ungeschicklichkeit schoss er sich nur durch die Lunge. Ärzte flickten ihn wieder zusammen, und sein Vater höhnte: »Der Idiot kann nicht einmal richtig schießen!« Jakows Stiefmutter, Stalins zweite Frau, legte einige Jahre darauf nach einem Streit mit ihrem Mann ebenfalls Hand an sich, mit mehr Erfolg übrigens.

Das ist, was Jakow Stalin mir in D. erzählt, während er sich in einem Bombentrichter versteckt.

Als die Kameraden sich mit ihrer Rache ausgetobt haben, fällt ihnen mit einem Mal auf, dass Göttersohn Jakow verschwunden ist. Sie finden ihn in seinem Trichter, mit tränenüberströmtem Gesicht und einer Ikone der Mutter Gottes in Händen.

»Sollen wir die auch gleich erledigen?«, fragt einer von ihnen.

Jakow springt dem Mann an die Kehle, aber die anderen reißen die zwei auseinander.

Ich höre, wie der Älteste der Truppe, ein Veteran mit

Blutspritzern im Gesicht, zu Jakow sagt:»Wir müssen es alle lernen, Brüderchen: aufhören zu denken. Versuche es wenigstens.«

Wir überlassen die Dorfbewohner auf ihren blutigen Äckern ihrem Schicksal und ziehen aus D. ab. Ich sage»wir«, weil ich wohl oder übel zu ihnen gehöre. Lieber jedoch würde ich einfach hier liegen bleiben.

Ein paar Kilometer weiter, als wir uns den feindlichen Linien nähern, stößt Jakow auf einmal einen wahnsinnigen, fast tierischen Schrei aus. Er reißt sich die Uniform vom Leib und läuft auf den Feind zu. Nur seinen Armeerucksack mit mir darin hat er noch in der Hand. In gebrochenem Deutsch ruft er, dass er sich ergibt.

Schon richten die Faschisten ihre Gewehre auf ihn, doch einer von ihnen erkennt ihn. Offenbar ist sein Foto in deutschen Zeitungen gewesen. Der Offizier befiehlt, den Göttersohn nicht zu erschießen.

Sie ergreifen Jakow, entwaffnen ihn und stecken ihn in eine Uniform, die soeben noch einem Toten gehörte. Sein Rucksack baumelt ihm um den Hals. Die deutschen Soldaten nehmen uns mit, singend vor Glück, denn sie werden eine schöne Auszeichnung bekommen und außerdem Sonderurlaub.

Im KZ Sachsenhausen, wo Jakow nach einer längeren Odyssee durch verschiedene Gefangenenlager landet, werden die Insassen kahl geschoren und in stinkende Baracken geworfen. Jakow bleibt nur einige Wochen dort. Er lässt mich keine Sekunde aus den Augen. Einige Mitgefangene bewundern ihn, andere bedrohen ihn mit Glasscherben. Er dankt mir jeden Abend, dass er wieder einen Tag überlebt hat, obwohl das natürlich überhaupt nicht mein Verdienst ist.

Eines Tages wird er um vier Uhr morgens von zwei Wachleuten von seiner Pritsche gezerrt und zu einem gepanzerten Fahrzeug gebracht. Er darf mich mitnehmen. Oder vielmehr: Er muss. Vor einer Villa auf einem luxuriösen Landgut halten sie an. Die Wachleute bringen Jakow zu einem Zimmer im ersten Stock. Dort stehen ein Tisch und zwei Stühle. Sie befehlen ihm, sich zu setzen und mich auf den Tisch zu legen. Jakow fragt, was das Ganze soll, aber sie antworten nicht. Sie verlassen den Raum.

Kurze Zeit später erscheint ein Offizier in tadelloser Uniform. Er stellt sich als Obersturmbannführer Wiedemann vor. Er ist glattrasiert, hat schütteres Haar und trägt einen Kneifer. Mit seinen abstehenden Ohren und freundlichen Augen sieht er aus wie ein Fremdsprachen- oder Musiklehrer, jedenfalls niemand, vor dem man Angst haben müsste.

Wiedemann stellt sich vor Jakow und mustert ihn lange. Dann schaut er zu mir. Er nimmt mich in die Hand und zuckt wie unter einem leichten Stromstoß. Er legt mich wieder hin und wischt sich die Hände an einem Taschentuch ab. Er hält Jakow ein silbernes Etui hin. Zwischen Filter und Zigarette verläuft bei jeder ein schmales, goldfarbenes Bändchen. Jakow hat noch nie solch schöne Zigaretten gesehen. Russische Glimmstängel sind grau und haben einen dicken Filter aus Pappe wie eine Tröte. Er nimmt eine Zigarette und kann den Blick nicht von dem goldenen Bändchen abwenden.

Wiedemann setzt sich Jakow gegenüber.

»Jakow Josipowitsch?«, fragt er. »Spreche ich es richtig aus?«

Jakow bleibt stumm.

»Ich erwarte nicht, dass du mir gleich dein Herz ausschüttest«, sagt Obersturmbannführer Wiedemann und legt einen Holzkohlestift auf den Tisch, »ich will nur, dass du auf die Rückseite deiner Ikone eine kleine Nachricht für deinen Vater schreibst. Ich sorge dafür, dass er sie bekommt. Ich sehe dir an, dass du mir nicht glaubst. Du bist misstrauisch – genau wie dein Vater. Und du hast recht, denn du kennst die ganze Wahrheit noch nicht. Ich will der Ikone nämlich einen Brief beilegen. Darin schlage ich deinem Vater vor, dich gegen einen seiner Gefangenen auszutauschen, der zufällig einer unserer besten Generäle ist. Wir gehen davon aus, dass dein Vater sein Herz sprechen lassen wird, aber in Kriegszeiten weiß man natürlich nie, schon gar nicht, wenn man mit einem Feind zu tun hat wie…«, er wartet einen Moment und zündet sich eine weitere Zigarette an, ohne Jakow eine anzubieten, »…wie dir oder jedenfalls wie deinem Vater oder deinem Volk, das nicht unbedingt unser Brudervolk ist.« Er steht auf und setzt sich mit einer Pobacke auf den Tisch. »Am liebsten, Jakow Josipowitsch, würde ich dich unseren Vernehmungsspezialisten übergeben, staatlich geprüften Folterknechten, weltweit gefürchtet für ihre gediegene Arbeit. Die wissen genau, wo sie schneiden müssen, um die größten Schmerzen zu verursachen. Die wissen, wie lange es dauert, bis ein Mensch das Bewusstsein verliert, und glaub mir, sie sind ausdauernd wie Marathonläufer und trainiert in eiserner Geduld. Ich könnte dich in eins unserer Todeslager schicken, wo du innerhalb weniger Monate an der Arbeit verreckst – oder sofort wieder herauskommst, aber nur durch den Schornstein.«

Jakow schaut Wiedemann regungslos an.

Der Obersturmbannführer steht auf und geht durch das Zimmer. »Aber wie dir bestimmt klar ist, werde ich das nicht tun, auch wenn du ein Erbfeind bist, nicht meiner persönlich natürlich, aber der meines Volks. Ich bin sicher, wenn du auch nur einen Tropfen Soldaten-blut in dir hast, teilst du meine Überzeugung. Und die lautet: Das Volk ist mehr wert als der Einzelne. Nicht wahr?« Er wartet einen Moment, doch Jakow verzieht keine Miene. »Tief im Inneren, Jakow Josipowitsch Sta-lin, empfinde ich Bewunderung für dich. Du brauchst mir das nicht zu glauben, aber es stimmt. Ich bewun-dere dich für deine Weisheit, weil du dir während der Plünderung des Dorfes Zeit genommen hast, dich an eine höhere Macht zu wenden. Weil du ein Gewissen hast, das dich davon abhielt, Kinder zu vergewaltigen. Zwei-fellos dachtest du dabei an deine jung verstorbene Mut-ter und deine Verlobte Filka, eine kleine Judenschlampe. Weil du das Schönste, wozu der Mensch fähig ist, näm-lich Liebe, wichtiger findest als Kriegführen. Korrekter, einem Neugeborenen über den Kopf zu streicheln, als es an die Wand zu klatschen. Weil du an den Aufbau einer neuen Gesellschaft glaubst, nicht an Vernichtung.«

Nun zittert Jakow am ganzen Leib, aber er sagt kein Wort. Ich mache mir Sorgen, dass auf dem Tisch auch mein eigenes Beben zu hören ist.

»Mir ist klar, dass ich jetzt einen schmerzhaften Punkt berühre«, sagt Obersturmbannführer Wiedemann, »ich bin auch nur ein Mensch. Glaubst du mir das?« Er setzt sich wieder auf den Stuhl, drückt seine Zigarette aus, die nur halb aufgeraucht ist, und zündet sich sofort eine neue an. »Ich werde dir ein paar Zukunftsszenarien skizzieren. Bei all ihrer Komplexität ist deine Situation eigentlich recht simpel. Ich nehme an, in den kalten Nächten in deiner Baracke hast du viel über deine Zukunft nachgedacht und dich damit getröstet, dass alles noch gut werden kann, wenn du Glück und Geduld hast und die richtigen Leute ihr Herz sprechen lassen. Was Letzteres angeht, bist du bei mir an der richtigen Adresse.« Er steht auf und schaut aus dem Fenster, mit dem Rücken zu Jakow. »Die Wahrheit ist, dass du in der Sackgasse steckst. Du bist an allen Fronten gescheitert. Fassen wir zusammen: zuallererst als Soldat, denn darum sitzt du hier: Du bist desertiert. Weißt du, was in deinem Land mit Deserteuren gemacht wird? Ich vermute, das Gleiche wie bei uns – und seien wir ehrlich, zu Recht. Zweitens bist du gescheitert als Kamerad, denn du hast auf dem Höhepunkt einer Aktion, der Rache der Kameraden an Kollaborateuren, in die andere Richtung geschaut, du hast deine Plicht vergessen, und Pflicht ist das höchste Gebot der Kameradschaft. Drittens bist du gescheitert als Mann, weil Vergewaltigung im Krieg zu den Kernaufgaben des Soldaten gehört, die Vergewaltigung, Demütigung und Vernichtung des Feindes, bis der Stärkere gesiegt hat und wir uns wieder dem Aufbau einer harmonischen, friedliebenden Gesellschaft zuwenden können, mit hervorragenden Schulen, Fabriken und Theatern. Viertens bist du gescheitert als Patriot, weil du nicht viel Eifer an den Tag gelegt hast, als es darum ging, dein Vaterland voranzubringen, deine herrliche Heimat, das größte Land der Erde mit seinen Steppen und Seen, Bergen und Meeren, seiner fabelhaften Weite und großartigen Literatur, alles Dinge, um die sogar wir euch beneiden.« Er dreht sich zu Jakow um. »Dein Vaterland ist das Land deines Vaters, Jakow Josipowitsch Stalin. Also bist du, fünftens, auch gescheitert als Sohn. Denk an deine Eltern, wie sie an deiner Wiege standen, vor sechsunddreißig Jahren, wie stolz sie auf ihr Kind waren und wie sie laut von seiner Zukunft träumten, der Zukunft in einem Land, das sie aufbauen wollten, denn damals war alles noch ein zaristischer Saustall. Stell dir vor, wie du jetzt ihre sehnlichsten Hoffnungen enttäuscht hast, die deines Vaters, der es ohnehin schon so schwer hat, aber auch die deiner Mutter – der im Himmel, wenn es ihn gibt. Ich persönlich glaube das ja schon.« Er wirft einen Blick auf mich. »Was meinst du, wird dein Vater sagen, wenn du nach Hause kommst? Wird er reagieren wie der sprichwörtliche Vater in der Bibel? Wird er Mitleid bekommen, dich mit Küssen überschütten und sagen: ›Holt das schönste Gewand und zieht es ihm an. Schlachtet das fetteste Kalb und steckt es auf den Spieß. Lasset uns feiern, denn dieser mein Sohn war tot und ist ins Leben zurückgekehrt, er war verloren und ist wiedergefunden!‹ Wird er das sagen? Oder wird er kaltblütig fortfahren, Todesurteile zu unterschreiben, hundert, fünfhundert am Tag, Leben, die von ihm mit einem Federstrich ausgelöscht werden, und wird er auch deinen Namen durchstreichen, weil du Göttersohn die in dich gesetzten Erwartungen nicht erfüllt hast?«

Wiedemann reicht Jakow den Holzkohlestift.

»Es braucht nicht viel zu sein«, sagt er, »eine kurze Nachricht, ein Lebenszeichen in einer Handschrift, die er erkennt.«

Er bietet Jakow eine weitere Zigarette an, doch der lehnt ab. Wiedemann nickt und geht aus dem Zimmer.

Jakow denkt lange nach, nimmt den Stift und schreibt: »Lieber Vater, es ist alles in Ordnung. Ich bin bei guter Gesundheit und hoffe, du auch. Auf Wiedersehen, Jakow.«

Ich bin ein Brief geworden – meine neueste Metamorphose.

Der palastartige Landsitz von Väterchen Stalin liegt in einem eigens angelegten Wald, der von Hunderten von Soldaten bewacht wird, und hat unzählige Zimmer. Vater Stalin ist hier oft allein. Seine Haushälterin, ein mageres, fröhliches junges Ding, leistet ihm noch am häufigsten Gesellschaft, um etwa sein Bad vorzubereiten oder ihm einen zu blasen. Die Zimmer sind groß wie Ballsäle, mit hohen Fenstern und dunklen Wandteppichen. In der Mitte stehen Esstische, an denen bis zu fünfzig Gäste Platz finden könnten. Auf dem Boden liegen orientalische Teppiche und Felle von Bären, die Stalin angeblich allesamt selbst geschossen hat, doch in einem Land, wo alles auf Lüge beruht, glaubt das niemand. Niemand kommt hier je zu Besuch. Niemals wird hier gegessen. Die Zimmer sind allezeit leer. Als er mich an meinem ersten Tag hier nach seiner Arbeit im Kreml in sein Schlafzimmer mitnimmt, wird mir klar, dass diese leeren Räume nicht wirklich leer sind, sondern von Gespenstern erfüllt, den Geistern all derer, an deren Tod Stalin schuld ist, darunter seine eigene Familie, seine Frau, sein Sohn, seine Schwiegerfamilie, die nächsten Mitarbeiter und treuesten Bluthunde, die intimsten Freunde sowie unzählige Dichter und Denker seines unermesslichen Reichs – einfach jeder, der auch nur eine Spur von Unbotmäßigkeit zeigte. Unsichtbare Gäste sind sie an den langen Tischen, tanzen eine geräuschlose Polka auf dem mahagonifarbenen Boden, und er, Stalin, Vater all seiner Untertanen, schreitet durch Säle, bewegt sich durch Salons, ohne ein einziges Mal um sich zu blicken. Er atmet schwer, als besteige er einen Berg, ein langsamer, steiler Anstieg zum Gipfel der Macht, wo er sich allein, ohne Feinde und Freunde, auf sein Sofa fallen lässt, befreit von der Angst, jemand könne ihn umbringen, im Hintergrund die Musik eines Grammophons, das das Adagio aus Mozarts dreiundzwanzigstem Klavierkonzert spielt.

Am Tiefpunkt seiner würgenden Einsamkeit holt er mich aus der Schreibtischschublade. Weil er während seiner Nickerchen auf dem Sofa laut redet, weiß ich, dass er mit dem Porträt Maryams eigentlich drei Verbrecher umklammert: seine Mutter, die den Irrtum beging, ein Monstrum wie ihn auf die Welt zu setzen, seine zweite Frau, die ihn verriet, indem sie sich aus Verzweiflung ins Herz schoss, und seinen Sohn, der mit seiner feigen Hand dem Vater einen letzten, verlogenen Brief schrieb.

Von ihm höre ich auch, was mit Jakow passierte, nachdem ich ihn in meiner neuen Metamorphose als Brief verlassen hatte. Wie Stalin das erfahren hat, kann ich nicht sagen. Möglicherweise hat Wiedemann in einer sadistischen Laune alles aufgeschrieben und an den Kreml geschickt.

Jakow sprach nicht, aß so gut wie nichts mehr – so lautet die Geschichte. Nachts lag er fiebernd auf seiner Pritsche. Die anderen dachten schon, er habe Typhus bekommen. In seinen Fieberträumen redete er mit seiner Mutter. Eines Nachmittags brachte ein Aufseher ihm die Nachricht, sein Vater verweigere den Austausch.

»Ich tausche keinen General gegen einen Soldaten«, soll Vater Stalin gesagt haben.

Stalin wiederholt diese Worte mehrere Male, wenn er die Geschichte in meinem Beisein rekapituliert. Er nickt und zündet sich eine Zigarette an. Während des kurzen Moments seines Schweigens meine ich, so etwas wie Rührung in seinem Gesicht zu erkennen, aber ich kann mich irren. Vielleicht ist es auch nur das Zittern, das er verspürt, weil er mich angefasst hat?

Jakow soll – wieder dem Bericht zufolge – auf den Appellplatz gelaufen sein. Dort wurden die Gefangenen jeden Morgen gezählt und durften sich ein wenig bewegen. Wenn nötig, wurden wieder ein paar hingerichtet. Das Gelände war von einem hohen Stacheldrahtzaun mit eintausend Volt Spannung umgeben. Direkt davor ein Streifen geharkter Erde. Auf einem Schild unter einem Totenkopf der Befehl: HALT!

Doch Jakow sei einfach weitergelaufen, immer weiter,

Richtung Zaun, am Schild mit der Warnung vorbei, auf den Todesstreifen.

Der Mann auf dem Wachturm habe gerufen: »Bleib stehen, oder ich schieße!«

Doch Jakow lief weiter, direkt auf den Zaun zu. Der Aufseher legte an, schoss aber nicht. Jakow lief weiter, als gäbe es keinen Stacheldraht und keinen Zaun. Er fiel mit dem Gesicht in den Draht. Die Stacheln durchbohrten ihm die Augen.

»So... so ist es passiert«, sagt Stalin. Er hustet herzzerreißend. Er schaut mich lange und eindringlich an, dass ich beinah zu glauben beginne, er könne Maryams Augen erkennen, ausgerechnet er, Augen, die ihn voll Kummer und Vorwurf anstarren. Im nächsten Moment versinkt er in traumlosen Schlaf.

Dieses Ritual wiederholt sich tagtäglich, jahrelang.

In einer Frühlingsnacht steht er vom Sofa auf, wo er mich liegen lässt, und wankt in die Mitte des Zimmers. Ein elektrisches Zucken scheint durch seinen Körper zu gehen, wie durch seinen Sohn, als der den Stacheldraht berührte, und er stürzt zu Boden, das Gesicht zu mir.

Drei Tage lang bleibt er so liegen, während er mich immerzu anstarrt. Niemand hilft ihm, auch das Dienstmädchen nicht. Seine Mitarbeiter lauschen an der Tür – ich höre sie flüstern –, bis er seinen letzten Seufzer getan hat, und als das geschehen ist, geht ein Aufatmen durch die Salons und das gesamte Land.

Ich trauere um den Verlust eines Menschen, der dazu verdammt ist, in der Einsamkeit seines Todes all jenen, die er hat umbringen lassen, vollkommen zu gleichen.

KAPITEL ZEHN

von einer Küchenschublade,
Bewohner Numero einunddreißig,
einem Erreichten, das niemals genug ist,
und einem verstohlenen Blinzeln

EINER der Kadetten, die Stalins Leichnam zum Kreml geleiten sollen, wo die Aufbahrung für das weinende Volk stattfindet, nimmt mich, noch im Landsitz des Staatslenkers, kurz in die Hand und wird von einer seltsamen Begierde ergriffen. In einer Papiertüte schmuggelt er mich zu einer Kommunalka am Rande von Moskau, wo er zusammen mit seiner Frau, seinen Eltern, seiner Schwiegermutter und noch sieben anderen Parteien – insgesamt circa dreißig Mietern – seit ein paar Jahren wohnt.

In der Nacht, als alle anderen schlafen, zeigt er den Inhalt der Tüte seiner Frau. Er sagt, sie solle mich nur einmal berühren, um zu erkennen, was für ein besonderes Objekt er bei dem beweinten Staatsführer gefunden hat. Die Frau kann ein Kreischen nur mühsam unterdrücken und rät ihm, mich auf dem schnellsten Weg zu verstecken, denn wer in diesem Land religiöse Objekte besitzt, wird als Feind des Kommunismus betrachtet und damit als Krimineller.

So bin ich gezwungen, in einer selten benutzten Küchenschublade unterzutauchen, in Gesellschaft von Blechorden und ausrangierten Regenschirmen – keine Objekte, mit denen sich anregende Gespräche führen ließen –, und dazu verurteilt, das Wohl und Wehe von dreißig Mietern einer Moskauer Gemeinschaftswohnung mitzuerleben, all die Streitereien, Affären, Versöhnungen und Unmengen kleinen Ärgers, mit denen der Tag dort gefüllt ist.

Ungefähr drei Jahre nach meiner Ankunft bekommt das Ehepaar, das mich in der Schublade versteckt hat, einen Sohn, der in einer heimlichen Zeremonie auf den Namen Artur getauft wird, Artur Nikolajew sein vollständiger Name. Der Vater schlägt seiner Frau vor, mich für einen Moment aus der Schublade zu holen, damit ein geweihter Gegenstand bei der Taufe anwesend ist, doch sie gebietet ihm kategorisch zu schweigen. Ich spüre, wie mitten in der Nacht jemand kurz über mich streichelt, aber es ist zu dunkel, ihn oder sie zu erkennen.

Artur Nikolajew, der einunddreißigste Bewohner einer Gemeinschaftswohnung mit nur einer Toilette, einer Badewanne und einem einzigen Gasherd, ist der Sonnenschein im Haus. Als Bilderbuch-Baby lässt er alle Erwachsenen dahinschmelzen, als Knirps will jeder ihn auf den Schoß nehmen, und als heranwachsender Knabe verblüfft er alle mit seinem Talent zur Versöhnung von Wasser und Feuer; tagsüber am Waschbecken, in der überfüllten Küche, ja bis in den Besenschrank, nachts, wenn fünf Bewohner gleichzeitig aufs Klo müssen, Bewohner Numero zweiunddreißig einfach nicht aufhören will zu plärren oder ein Pärchen versucht, Bewohner Numero dreiunddreißig zu zeugen. Artur versöhnt und bringt Frieden.

Eines Nachmittags, als ausnahmsweise einmal niemand zu Hause ist, zieht Artur aus Langeweile mehrere Schubladen auf und findet mich. Er fischt mich heraus. Ihm bleibt der Mund offen stehen vor Erstaunen. Er streichelt Maryams Augen und verfällt in ein heftiges Zittern. Er beschließt, mich in sein Etagenbett mitzunehmen, wo er am Fenster die oberste Koje besetzt hält.

In der Nacht drückt er mich an sich und schaut auf zum Sternenhimmel, der ihn alle täglichen Streitereien vergessen lässt. Er nennt die Namen der Sternbilder, ganz leise. Im Laufe der Zeit redet er auch mit mir. Er sagt, es müsse einen Ort geben, wo jeder frei denken und leben könne, und dass er diesen Ort finden wird. Vielleicht ist dieser Ort ja genau das, was Cogito Darwin kurz vor seinem tödlichen Sturz im Weltall erspähte.

Mir wird klar, dass Artur mein neuer Meister ist und dass ich wieder eine Art Talisman werde.

Mit fünfundzwanzig bringt Artur, ein Ass in Mathematik, es mitten im Kalten Krieg zum Ingenieur an einem der bedeutendsten Luftwaffenstützpunkte der Sowjetunion. Er träumt von einer Karriere als Kosmonaut. Einige Jahre darauf legen die politischen Entwicklungen seine Ambitionen allerdings vorerst auf Eis. Das kommunistische Imperium, dessen stolzes Produkt er ist, bricht zusammen, das Land gerät aus den Fugen, und es dauert einige Jahre, bis die Staatsgewalt wieder einigermaßen Tritt fasst.

All die Zeit hat Artur mich auf dem Stützpunkt in seinem Kleiderspind verwahrt. In schwierigen Momenten nahm er mich oft in die Hand. Das elektrische Kribbeln, das ihm den Rücken hinunterlief, gab ihm jedes Mal neue Kraft (so sah es für mich jedenfalls aus). In kurzen Worten schilderte er mir dann manchmal auch, was in der Welt draußen vorging.

Jetzt, da die atheistische Politik der Kommunisten der Vergangenheit angehört und eine religiöse Wiederbesinnung stattfindet, stehe ich – mit fast zweitausend Lenzen – plötzlich wieder im Mittelpunkt des Interesses. Artur hat mich in seinem Büro aufgestellt, in einer abschließbaren Vitrine, um mich vor Diebstahl zu schützen. Dort höre ich, dass das russische Raumfahrtprogramm mit Hilfe einiger Oligarchen und ausländischer Institutionen bald wieder mit voller Kraft laufen wird.

Artur ist elektrisiert. Er lernt Sprachen, trainiert seinen Körper, nimmt Flugstunden und absolviert allerlei komplizierte Tests auf dem Boden eines Schwimmbeckens, groß wie ein Fußballfeld, um sich an die Schwerelosigkeit zu gewöhnen. All seine Prüfungen besteht er mit Auszeichnung und wird zuletzt aus einem Kreis von hundert Kandidaten für eine Raumfahrtmission ausgewählt.

Und wieder empfange ich dankbare Blicke, während ich all die Zeit doch bloß hinter Glas gestanden habe, neben einem Porträt von Präsident Boris Jelzin (das – im Gegensatz zum Präsidenten selbst – ziemlich nüchtern und schweigsam ist). Am letzten Tag des zwanzigsten Jahrhunderts, als Artur mich aus der Vitrine herausholt, damit ich ihn auf seine Mission begleite, wird Jelzins Porträt durch das eines neuen Präsidenten ersetzt, eines kleinen Agenten, der aussieht wie ein Chorknabe.

Um drei Uhr in der Früh brennt auf der Basis nur im Flur noch Licht, flackerndes Neon. Die Büros sind wie ausgestorben und kalt. Es riecht nach Schmierseife. Arturs Schritte hallen durch die Gänge.

Ich stecke in seiner Sporttasche, gewickelt in eine lange Flanellunterhose.

Vom Ende des Flurs kommt Artur ein identisch uniformierter Offizier entgegen.

»Auf zur Exekution!«, ruft Artur ihm lachend zu.

Sie umarmen einander.

In der Kantine gibt es Kohlsuppe mit gefüllten Blinis, dazu Tee und Kwas.

»Isst du nichts?«, fragt Oberstleutnant Karkowski, der Artur in den vergangenen Jahren bei seinem Unterwassertraining betreut hat. Er hat runde, blaue Augen und einen perfekt rechteckigen Schnurrbart.

Artur schüttelt den Kopf.

»Aber du wirst doch mit mir anstoßen?«, lacht Karkowski und hält Artur ein bis zum Rand gefülltes Glas hin.

»*Na sdorowje!*«

Sie trinken ihr Glas in einem Zug aus.

»Extra mitgebracht vom Brunnen zu Hause auf der Krim«, sagt der Ausbilder, während er sich den Schnauzer abwischt, »klareres Wasser als dort findest du nirgendwo auf der Welt. Artur Nikolajew lebe hoch! Es lebe das vereinigte Russland!«

Artur geht vor die Tür. Er holt mich aus der Tasche und drückt mich an die Brust. Dann schaut er zum Himmel. Er hat noch immer den gleichen Blick wie damals,

als er in der Kommunalka in seinem Etagenbett den Himmel nach einem Ort absuchte, wo sich in Freiheit leben lässt.

Karkowski ruft ihn wieder herein. Im Kontrollraum wird er von einem Frauenchor in blauseidenen Sarafanen mit goldglänzenden Diademen begrüßt. Sie singen ein pathetisches Lied: »Nichts und niemand hält uns auf, nicht auf Erden, nicht im All, Hauptmann Kosmonaut, geh uns voran, lach uns zu aus deinem Raumschiff in schwindelerregenden Höh'n!«

Seine Kameraden bilden eine Reihe, um Artur ihre guten Wünsche ins Ohr zu flüstern. Als sie fertig sind, legen sie die Hand aufs Herz und singen die alte Sowjethymne. Karkowski wischt sich die Tränen aus dem Schnurrbart und flüstert Artur ins Ohr: »Bist ein Teufelskerl, Nikolajew, ich hab dir das Fliegen beigebracht, verdammt, aber ab jetzt musst du's allein schaffen!«

In einem komplett weißen Raum helfen drei weißgekleidete Techniker Artur in seinen Kosmonautenanzug. Er macht einen Witz über seine Sporttasche voll sentimentalen Plunders, den er auf die Reise mitnehme. Ich weiß, was sich in der Tasche befindet: ein Heft mit seinen Lieblingsgedichten, zwei Fotos (eins von Juri Gagarin, dem ersten Russen im Weltraum, und ein handsigniertes des präsidentiellen Chorknaben), seine lange Flanellunterhose und darin eingewickelt: ich.

Kurz bevor Artur die Raumkapsel besteigt, sagt Karkowski: »Lasst uns noch einmal mit dem Reisenden zusammensitzen, wie es in diesem Land seit Jahrhunderten Brauch ist. Los, Leute, kommt alle her.«

Die Kameraden, die Techniker, die Ingenieure aus dem Kontrollraum und die Damen vom Chor setzen sich schweigend zu Artur. Fast eine Minute sagt keiner etwas, niemand lacht, niemand weint. Sie sitzen einfach zusammen und nehmen sich Zeit, in Ruhe Abschied zu nehmen.

Zu guter Letzt erheben sich alle. Artur salutiert vor der aufgemalten weiß-blau-roten Flagge außen auf der Rakete und kriecht in die Raumkapsel, die eng ist wie ein Sarg, so eng, dass er kaum den Arm zu strecken vermag. Sein Sitz, höre ich Karkowski erklären, wurde speziell für seine Körpermaße gebaut. Überall sind Knöpfe und Anzeigen. Karkowski grüßt mit einem Handzeichen und einem verdrucksten Zwinkern. Sein Schnurrbart ist schon wieder feucht.

Die Einstiegsluke schließt sich hermetisch. Alle Geräusche verstummen. Durchs Bullauge sieht man den pechschwarzen Nachthimmel. Ich muss an die lange Zeitspanne denken, während der ich unter der Erde lag, lebendig begraben, jahrhundertelang, ohne die geringste Hoffnung auf Rettung.

Artur spricht einige rätselhafte Formeln in ein Mikrofon. Aus einem Lautsprecher kommen ebenso rätselhafte Formeln zurück. Artur atmet tief durch, holt mich hervor und legt mich neben sich, als Copiloten.

»*Dawai!* Und los!«

»Drei, zwo, eins!«

Erde, hörst du mich? Gleich kommt der Moment, in dem ein aus einem banalen Olivenbaum gehacktes Stück Holz, das aus deinem Schoß entsprossen ist, dir aus dem Weltall zuwinkt. Siehst du mich, Erde?

Die Kapsel bebt. Die Hitze ist unerträglich. Draußen ist alles weißer Rauch. Der Geruch des Kerosins ist fast mit Händen zu greifen.

Ich fliege! Siehst du mich, Erde? Lieber Himmel, ich fliege! Cogito Darwin, Jeschua – da staunt ihr, was! Ich fliege! Frau Grabtuch?

Artur schreit ins Mikrofon: »Erde! Hört ihr mich?«

Erde antwortet mit knarzenden Formeln.

Artur singt ein Lied, das er als Kind gelernt hat: »Und das Raumschiff, das trägt uns voran, /selbst bei den Sternen /in weiten Fernen /sieht man in neuer Welt noch unsre Spurn im Sand.« Er spielt auf den Knöpfen der Steuerkabine wie auf einem Klavier, auf dem er sein Lied begleitet.

Leb wohl, Erde und alle, die darauf wohnen oder darin begraben sind, leb wohl, Maler des Embryos aller Möglichkeiten, leb wohl, unseliger Jakow Stalin und all ihr lieben Toten. Ich sitze in einer Sardinenbüchse und fliege zu den Sternen! Das alte Gefühl, lebendig begraben zu sein, weicht einer immensen Befreiung. Gottszuckerschneckchen und Gutgeboren, hört ihr? Und du, Seelenhirte? Und du, weiser Meister Abbud, barfüßiger Andrei Rubljow und du, Vorhaut Christi, haha, alte Meckertrude? Zukunft und Vergangenheit spielen jetzt keine Rolle mehr. Siehst du, Maryam, jetzt schau doch! Wir fliegen!

Einige Stunden darauf wird mein neuer Meister so leicht, dass er aus seinem Sitz aufsteigt und durch die Kapsel schwebt. Er lacht schallend und befestigt mich mit einem Gummigurt an der Wand, zusammen mit seiner Sporttasche, dem Heft mit Gedichten und den Fotos.

Unser Ziel ist die internationale Raumstation vierhundert Kilometer über der Erde.

Die Kapsel dockt an der ISS an.

Mit rudernden Armen fliegt Artur durch die Sicherheitsschleuse und gelangt in ein geräumiges Wohn- und Arbeitsmodul. Fünf Astronauten aus unterschiedlichen Ländern, die ebenso fröhlich durch den Innenraum schweben, begrüßen ihn.

Ich bekomme einen Ehrenplatz, von wo aus ich alles genau überblicken kann. Links von mir hängt das Porträt Gagarins, rechts das des Präsidenten-Chorknaben. Ich aber, als Wichtigstes, ätsch-bätsch, hänge in der Mitte!

Der Tag im Weltraum beginnt um sechs Uhr in der Früh, nachdem Artur mir einen guten Morgen gewünscht hat, das heißt, er schwebt an mir vorbei und tippt mich kurz an. Er fliegt in die Küche, wo er zusammen mit seinen Kollegen Kaffee aus vakuumverpackten Beuteln saugt. Manchmal spielen sie damit, indem sie einen Schluck entwischen lassen, so dass ein dahinzitterndes Kaffeekügelchen entsteht, das von einem anderen geschluckt wird.

Ich kann mich an unserem Ausblick nicht sattsehen. Die Erde, der Mond, die Sterne – greifbar wie in dem Planetenmodell im Traumlabor Cogito Darwins, Urbild des rostigen Räderwerks meines alten Meisters, mit seinen Zahnrädern, die knarrten wie eine Kutsche, mit Ringen und hölzernen Kugeln, der Flamme als Sonne im Zentrum und Cogitos Stimme, die »Nova Stella!« jubelte –, hier ist alles real, die gesamte Schöpfung, der große Baukasten des Geistes, der Jeschuas Vater sein soll.

Artur ist weniger romantisch veranlagt als ich. Er hat seine Arbeit, rund zweihundert Experimente, und in der Freizeit muss er seine Muskeln auf dem Fitnessrad trainieren, damit sie in der Schwerelosigkeit nicht erschlaffen. Romantisch ist er nur während seiner Ruhephasen. Dann späht er nach draußen und ruft den anderen zu: »Wir fliegen über den Golf von Mexiko!« Oder: »Ich sehe das Japanische Meer!« Oder: »Da unten, die Lichter – die Straßen von New York!« Und fliegen wir über seine Geburtsstadt hinweg, singt er: »Wüsstest du nur, wie sehr ich sie liebe, diese Moskauer Nächte.«

Heute nimmt er mich von der Wand. Nur mich. Gagarin und Putin müssen hängen bleiben. Wieder einmal bin ich auserkoren. Während er durch das Modul schwebt, wischt er mich ab. Er hält mich fest. Ich spüre, er bebt. Er fragt sich etwas. Frag doch mich, Artur Nikolajew. Sag: Was kann ich für dich tun? Ich kann dir zwar nicht helfen, das bildest du dir nur ein, aber vielleicht genügt das ja schon. So war es schon immer. Er streicht mit den Fingern über Maryams Augen. Sag's, Artur. Du willst weiter vorstoßen, nicht wahr? Ich lese es in deinen Augen. Dein ganzes Leben hast du dich nach dieser Reise gesehnt – jetzt hast du's geschafft, du hast die Erde verlassen und segelst durchs All, aber das ist dir noch nicht genug. Ich spüre, du zitterst. Es genügt dir nicht, wird dir niemals genügen. So wie du nie sehen wirst, wie Maryams Augen sich öffnen, so wirst du niemals genug haben. Du wirst deine zweihundert Experimente vollenden und dann zur Erde zurückkehren. Vielleicht spazierst du eines Tages auf dem Mond oder auf dem Mars, alles ist möglich, aber du wirst immer Artur Nikolajew bleiben, ein Mensch, der altert und irgendwann stirbt. Dein schöner trainierter Körper wird in der großen blauen Murmel da unten begraben werden. Sag's ruhig: Es ist dir nicht genug. So haben sie alle gedacht, all meine Meister. Ich konnte ihnen nicht helfen. Auch dir kann ich nicht helfen. Du musst es allein schaffen. Ich dachte immer: Die Meister bilden sich etwas ein, sie dichten mir etwas an, halten mich für etwas, was ich nicht bin. Aber jetzt, da ich an einem seidenen Faden in der Unendlichkeit hänge, denke ich: Lass sie doch träumen, lass sie phantasieren! Stell dir etwas vor, Artur Nikolajew, und träume. Schau nach draußen, es hört niemals auf, du kannst diese Sehnsucht niemals besiegen, also stell dir ruhig etwas vor.

Als hätte er mich gehört, schließt er die Augen.

Später am Tag bekommt Artur den Auftrag, zusammen mit einem Kollegen die Sonnensegel der Raumstation zu reparieren. Er zieht sich den Raumanzug über, der circa hundertfünfzig Kilogramm schwer ist, weil er Wasser- und Sauerstoffbehälter, Computer und ein Klimasystem zum Gleichhalten der Körpertemperatur enthält. Bevor er den kugelförmigen Helm mit klappbarem Visier gegen die Sonnenstrahlung aufsetzt, nimmt er mich in die Hand und küsst mich. Die Astro- und Kosmonauten wünschen einander Glück.

Ich erwarte, dass ein Luftzug hereinweht, Wind, irgendetwas Herbstliches, aber es geschieht nichts. Draußen ist nur gigantische Nacht, in der trotz allem die Sonne scheint, die Erde ist weit entfernt und gleichzeitig nah. Artur und sein Kollege, zwei unförmige, weiße Wesen mit einem Kopf aus spiegelndem Glas, schwimmen an einer elektronischen Nabelschnur nach draußen.

Artur hat mich in der Station gelassen. In seiner Aufregung hat er vergessen, mich wieder festzumachen, und so beginne ich zu schweben. Ein herrliches Gefühl! Ich trudle herum und stoße an die Wände. Ich treibe auf die andere Seite zurück, drehe mich um und um.

Ich gleite durch die Schleuse und befinde mich plötzlich im Weltraum. Kein Wind weht, es ist totenstill. Millionen Lichter senden ihre Signale, aber ich kann keines entziffern. Die Erde ist zur Hälfte in silbernen Nebel getaucht. Und ich kreisle und singe. Einst spendete ich den Menschen Schatten und Trost, jetzt fliege ich durchs All. Siehst du mich, Erde? Zum ersten Mal bin ich frei, gehöre niemandem mehr, bin kein Glücksbringer, ich bin *nichts*, kein Stück Holz vom Kreuz Christi, kein Fluchholz, einfach ein altes Stück Bohle, ein Klumpen Moleküle in einer leeren, sonnenbeschienenen, unendlichen Nacht, ein unscheinbares Objekt zwischen Trillionen anderer unscheinbarer Objekte.

Ob sie mich sehen können, die Menschen da unten? Natürlich können sie mich sehen. Sie zeigen an den Himmel und sagen: »Schaut, da ist das Fluchholz!« Haha! Die gesamte Geschichte schwebt durch den Raum. Ich trage alles in mir, was die Menschheit in zwei Jahrtausenden erlebt hat. Ich befinde mich an einem Ort, wo Raum und Zeit keine Rolle mehr spielen. Milliarden Lichtjahre – sie bedeuten nichts.

Ich schaue zur Erde, das schönste Objekt, das es gibt,

das schönste, was dem Menschen jemals geschenkt wurde, und alles, was jemals geschehen ist, auch lange Zeit vor ihm, sowie alles, was noch geschehen wird, spielt sich gleichzeitig ab, in einem einzigen Augenblick. Liebes Mütterchen, alte Maryam, siehst du? Willst du nicht doch einmal die Augen aufschlagen, um das hier zu sehen – ein einziges Mal nur? Zum ersten und letzten Mal? Herrlich und bedeutungslos ist es. Einmal kurz zuwinken – und es ist weg. All die Leben, einmal kurz pusten – und hepp!

Siehst du mich, Artur Nikolajew? Du hast nicht vergessen, mich festzuzurren. Du wolltest mich befreien! Was du selber nicht darfst, gönnst du mir. Bist ein Pfundskerl, Artur Nikolajew. Du suchst etwas, woran du dich klammern kannst, auch jetzt noch hängst du an einem Seil und grübelst darüber nach, dich loszumachen, warum nicht. Genauso wie ich. Ich sehe mich gespiegelt im Glas deines Helms.

Du schaust mich an, mich, die ich jetzt wie ein Flugsamen durch den Raum schwebe. Du winkst mir.

Maryam, jetzt blinzle dem Mann doch wenigstens einmal zu!

Ich mustere mein Spiegelbild im Glas seines Helms.

Und tatsächlich, sie blinzelt – Maryam blinzelt! Haha!

KAPITEL ELF

Mahmud erzählt

SOLL ich das Foto hier löschen?
Ja.

Nein.

Später.

Ein nasskalter Abend und ein heißlaufendes Handy. Alle Welt will was von mir.

Brüssel ist Regen. Brüssel ist der Weg von zu Hause zu Ahmeds Teestube und wieder zurück.

Nein, stimmt nicht. Zu Hause gibt es nicht mehr. Ich bleib hier, in der Teestube. Und heut Nacht schlaf ich bei Freunden oder in einem Hostel.

Ich bin nicht zu sprechen, für niemanden. »Mama«, lese ich auf dem Display. Ihr ewiges Gequengel: Wo bist du, Mahmud, was machst du, was trägst du auf einmal für eine Mütze und so einen komischen Bart, was liest du da dauernd, blablabli, blablabla.

Ich geh nicht ran.

Kapierst du denn gar nichts, Mama? Wach auf. Du schläfst, wie alle anderen, du bist sehend blind. Soll erst jemand von uns in einer Zelle stehen müssen, nackt, auf einer Tonne, und von Kafirn ausgelacht werden, bloß weil er ein Gläubiger ist? Mossul brennt, Aleppo brennt, Beirut, der Jemen – die halbe Welt brennt, sogar unser Glaube!

Ich scrolle durch die Bilder. Da, alles brennt lichterloh! Und hier in Belgien bechern sie ihre fünfhundert Sorten Bier und diskutieren, ob sie es schlimm finden sollen, dass wieder so 'n Boot mit Flüchtlingen im Meer abgesoffen ist. Da war doch mindestens *ein* potentieller Terrorist drunter, sind wir den auf jeden Fall schon mal los. Eine »offene und willkommensorientierte Gesellschaft« nennen die das. Offen sind hier nur die Schenkel ihrer Schlampen.

Ahmed, Bruder, gibst du mir noch einen Tee?

Stimmt, ich bin müde.

Warum ich mir den Bart stehen lasse?

Bärte sind cool, Mann, weißt du das nicht? Du raffst aber auch gar nichts.

Schwesterherz meldet sich. Ich geh nicht ran. Ich komm nicht nach Hause. Ich geh zu Karim.

Hey, Karim, Salam, wie geht's, Bruder, bist du zu Hause? Kann ich heut Nacht bei dir schlafen? Nur eine Nacht. Danke.

Schön süß, der Tee.

Ich hab Halsschmerzen, ich qualme zu viel.

Ob ich Mama noch mag? Und Schwesterherz? Warum nicht, warum soll ich sie nicht mögen, ich *liebe* sie, aber sie sollen mir nicht auf die Nüsse gehen mit ihrem ewigen Gemecker. Ich hab eine Mission, *wallah*. Erinnert ihr euch noch an früher, Mama, Schwesterherz? In unserer Straße wohnten zur Hälfte Kafirn. Ab und zu haben sie

Oliven und Feta bei unserem Händler gekauft. Wohlmeinende Bürger mit kultivierten Ansichten und Vorstellungen von einer besseren Welt, nette Leutchen, die brav Steuern zahlen für ihre Armee und ihre Streubomben. Aber glaubt bloß nicht, die hätten irgendeine Ahnung, wie's in der Welt zugeht. Sie wollen's gemütlich, Couscous und Halloumi und Urlaub am Strand von Marrakesch, weiter denken die nicht.

Ich scrolle, da, tausend verbrannte Kinder im Jemen! Das sind andere Zahlen als zwanzig Leute vor einer beschissenen Pariser Kneipe.

Je suis Charlie! Wann sagen sie endlich mal: »*Je suis* alle Toten!*«?

Wann hat das angefangen bei dir?, fragt Ahmed.

Ach, hör doch auf, Mann, bist echt 'n korrekter Typ, aber von der Welt raffst du nicht die Bohne. Warum fragst du nicht: Mahmud, wann hast du gemerkt, dass du blind bist, wann sind dir die Augen endlich aufgegangen, warum hast du das nicht früher gesehen? Verstehst du, mein Lieber?

Ich scrolle, die Kafirn mit ihren Flugzeugen, versehentlich eine Schule getroffen, sagen, sie hätten sich geirrt. Na toll, technisch mega gerüstet und trotzdem daneben! Ups, kleiner Fehler. Hundert Kinder tot, sorry. Und das letzte Woche war auch so ein kleiner Irrtum, Krankenhaus, ups, wussten wir nicht, und letzten Monat der Bus, sorry.

Hass kocht in mir hoch. Was haben die da eigentlich zu suchen mit ihren Scheißbomben? Was wollen die da? McDonaldisierung, Sodomisierung, Vorherrschaft aller

Nicht-Moslems und, natürlich, Frauen als All-inclusive-Huren.

Darf ich zur Abwechslung auch mal was sagen, ja?

Sie fürchten sich vor dem Weg zur Quelle, vor der Scharia.

Benutzt euren Verstand, Europäer, Amerikaner, von diesem verregneten Kaff namens Brüssel bis nach Aleppo sind es dreitausend Kilometer, von New York nach Aleppo verdammte neuntausend! Kümmert euch doch um euren eigenen Vorgarten, *wallah*!

Zweitausend Todesopfer in den Twin Towers, das ist schlimm – aber eine halbe Million in einem Bürgerkrieg, das ist noch mal was andres! Ihr könnt nicht rechnen, Mann. Tolle Technik und Präsidenten, fette Jobs, Villen und dreimal im Jahr in den Urlaub, Autos und halbnackte Weiber, aber *einmal* richtig rechnen – von wegen!

Oder – Moment mal, rechnen können sie verdammt gut, all die Juden und Christen und stolzen Atheisten, rechnen können sie, sie sagen: Einer von uns ist so viel wert wie hundert von euch! Also bin ich ein Hundertstel von dem Typ da unter dem Regenschirm, der zu seiner alten Schlampe nach Hause läuft. Bewerb ich mich morgen bei ihm um einen Job, guckt er mich schräg an. Mah…mud, das klingt so … ist das nicht …? Sorry, Mahmud, deine Fresse gefällt mir nicht, zu dunkel, und dein Name, fundamentalistisch, geh Ziegen ficken, wir sind ein anständiges Unternehmen.

Würd mir nicht leidtun, wenn dem sein Kopf plötzlich ab wär. Wenn er vor der falschen Bar in Paris säße. Oder im falschen Zug.

Weißt du, was? Es hängt mir zum Hals raus! Kaum gibt es in irgend'nem westlichen Land einen Anschlag, heißt es wieder: Was sagst du dazu, Mahmud, solltest du dich von so was nicht distanzieren, du musst dich entscheiden, bist du für oder gegen uns? Und mit deiner Religion gehörst du schon mal nicht richtig dazu, also bist du wahrscheinlich gegen uns.

Warum muss ich immer für oder gegen was sein, wer sagt das?

Und da, das junge Pärchen da drüben. Die reinsten Turteltäubchen. Wie die schon rumläuft. Kaum besser als die Nutten, die hinterm Bahnhof ihre Kunden anquatschen.

Hure!

Sie werfen mir einen verächtlichen Blick zu. *Die* hat das bestimmt schon öfter gehört. Wenn die Drecksfotzen in 'nem Park vergewaltigt werden, sollen sie sich nicht beschweren. Die finden's doch super!

Dabei – verdammt geile Kurven, die Alte. Gute Wichsvorlage für nachher. Das Einzige, wozu die gut ist. Sonst wünsch ich der auch mal den falschen Musikclub oder den falschen Weihnachtsmarkt.

Weißt du, was? Ich lösch das eine Bild *nicht*, das ich heut Nachmittag auf dem Flohmarkt gemacht hab, ich kopier es in Mamas Profil. Wenn sie dann anruft, erscheint jedes Mal dieses Bild. Volltreffer: blinde Mutter!

Wer malt aber auch eine Blinde? Und ausgerechnet die Mutter eines Propheten. Maryam, die Mutter von Isa. Was für eine Beleidigung!

Ich weiß nicht, warum ich das Buch in die Hand ge-   223

nommen hab, als ich da heut Nachmittag an der Wühl-kiste vorbeikam. Seit ich jeden Tag im Koran lese, habe ich hohen Respekt vor DEM BUCH, aber das hier hat mich echt interessiert: *Gott sehen* hieß es. Ich hab es aufge-schlagen, und da war sofort das Bild von dieser Frau. Zwanzig Euro, viel zu viel für so eine Schwarte. Ich hab ein Foto davon gemacht, der schwarze Händler hat mir hinterhergeschrien – soll er doch in seinen Dschungel abhauen, wenn er unbedingt wie 'n Affe rumkreischen will. Verpiss dich, und nimm deine ganze Bande gleich mit!

Ich finde ja, wir betrachten die Leute hier noch viel zu sehr als Menschen.

Aber das sind sie nicht.

Warum?

Erstens sind es Ungläubige oder Abtrünnige.

Zweitens sind sie der Meinung, dass ihre Scheiße nicht stinkt und die von uns schon, also behandeln sie uns entsprechend.

Drittens sehen sie sich als Nabel der Welt, als Quelle aller Kultur. *Sie* haben alles erfunden. Besonders die Ju-den. Auserkorenes Volk? Dass ich nicht lache! Wenn das kein Rassismus ist. Hitlers Nazi-Deutschland war ein Scheißdreck im Vergleich zu Israel.

Viertens denken sie, sie könnten jeden Krieg gewin-nen – na, den hier werden sie jedenfalls mit Pauken und Trompeten verlieren! Je radikaler sie die eine radikale Gruppe vernichten, desto radikaler die nächste.

Fünftens bezahlen sie allesamt Steuern an eine Regie-rung, die sie selber gewählt haben und die für Millionen

Waffen an die Verbrecher liefert, die unsere Brüder und Schwestern gewissenlos abschlachten. Lügner, Heuchler! Prost, schenk ihnen noch mal was ein, solang sie noch eine Kehle haben, in die sie's reinkippen können.

Sechstens, siebtens, achtens und neuntens – massenhaft Gründe!

Noch ein Argument gefällig, warum sie den Namen »Mensch« nicht verdienen?

Sie bewegen sich immer in Herden, schön in der Masse, zum selben Zeitpunkt am selben Ort, in vollgestopften Zügen, auf verstopften Autobahnen, Flughäfen, Popkonzerten, Weihnachtsmärkten, in Fußballstadien, Clubs, auf Auto-, Möbel-, Mode-, Computer-, Kinderbekleidungs-, Buch- und Sexmessen – ein Kinderspiel, sie da allesamt umzulegen. Blöd wie die Schafe stehen sie herum, da braucht man nur noch den passenden Bombengürtel, und fertig!

Wenn ich die sehe, sehe ich den Himmel. Die Hölle für sie, das Paradies für mich.

Moment mal, stopp: Dürfen wir, auch wenn wir die einzig Rechtgläubigen sind, einfach so Frauen und Kinder und brave, unschuldige Staatsdiener in die Luft jagen? Sind das nicht genauso Menschen wie wir, wie unsere Schwestern und Brüder? Steht nicht im Koran geschrieben: Wer einem Menschen das Leben rettet, rettet die gesamte Menschheit? Und da steht nicht, dass dieser eine unbedingt Moslem sein muss.

Gute Frage, schreibt Abdeslam, den ich als meinen persönlichen Coach betrachte. Auf alle Fragen, bei denen ich nicht weiterweiß, hat er eine Antwort, er ist so verdammt intelligent, obwohl er bis vor ein paar Jahren in Brüsseler Toiletten mit Drogen gedealt hat. Gute Frage, antwortet er also, aber eine, auf die die Antwort eindeutig »Ja!« ist. Dürfen wir das? Natürlich! Schau auf dein Handy, Mahmud, die Arme und Beine von den Kindern da kannst du zusammenkehren, das sind Menschen, die haben nicht mal die Chance bekommen, erwachsen zu werden. Solange sie, diese gutgläubigen, Bier saufenden, kurzberockten Schleimscheißer und Ungläubigen sich weiter in unsere Länder einmischen, solange sie dort Tod und Verderben säen, weil sie so fucking versessen auf unser verkacktes Öl sind, solange täglich Hunderte, was sag ich, Tausende Menschen im Nahen Osten durch ihren wahnsinnigen Hochmut sterben und solange ihnen das scheißegal ist und sie sich in ihren Fernsehtalkshows die Köpfe zermartern: »Warum hassen sie uns so?«, solange ist es nötig, Mahmud, solange müssen wir sie bekämpfen, ihnen zeigen, dass sie sich nicht alles erlauben können. Kein Mitleid. Mahmud, was bist du eigentlich? Wer bist du? Du schrubbst Scheißhäuser an Brüsseler Bahnhöfen, da haben wir uns ja kennengelernt, toller Job, von dem Geld, das du da verdienst, kannst du dir Zigaretten und Schawarma kaufen, super, aber was hat dein Leben für einen Sinn? Kann gut sein, du hast schon mal Koks oder Haschisch vertickt, ich will's gar nicht wissen, aber wenn das so ist, nehm ich dir's nicht übel. Kann auch sein, du hast mal wem den Kopf eingeschlagen, weil er seine Schulden nicht bezahlt hat, auch davon will ich nichts wissen, und wenn es so ist, brauchst

du's mir nicht mal zu erzählen – ich habe dir schon vergeben. Ich kann dir beibringen, wie du für dich selber eintreten kannst, wie du aus deinem Leben etwas machen kannst und wie du für die Gemeinschaft etwas bedeutest – nicht für *ihre*, für *deine*, für deine Familie und für dein Volk. Ich zeig dir, wie sie dich vor Stolz wieder an sich drücken. Gehe den Weg zur Quelle, Bruder! Es ist der einzige Weg! Der Sinn des Lebens. Wenn du dafür Opfer bringen musst, umso besser. Was ist das Leben eines Ungläubigen gegen das Glück und die Wahrheit? Denkst du, die Christen waren besonders friedliebend, als sie mit ihren Kreuzrittern ins Heilige Land eingefallen sind?

Dies sind die Worte von Meister Abdeslam. Er wird es noch weit bringen.

Wieder Anruf von Mama. Das Porträt der blinden Frau auf dem Display.

Soll ich rangehen und sagen, sie soll endlich aufhören? Aufhören womit? Mir Vorschriften zu machen. Was ich tun und was ich lassen soll. Soll ich ihr mal sagen, was *sie* tun und lassen soll? Sie, die die Bullen gerufen hat, damit die ihren eigenen Sohn zum Verhör auf die Wache zerren? Was sie jedenfalls *nicht* tun soll, ist, um mich trauern, wenn es je so weit kommt, dass ich Märtyrer werde. Dann soll sie stolz auf mich sein. Das muss ich ihr sagen.

Abdeslam hat gesagt: Entweder du wirst ein Kämpfer des Alltags, hier im Land, oder du kämpfst richtig, dort, oder… du wirst ein Held, ein Top-Fighter, zu dem deine Brüder und Schwestern aufblicken. *Ein* Knall, und du bist im Himmel!

Ich geh nicht ran, ich starre auf das bescheuerte Porträt. Diese bescheuerte Blinde. Frau, schau mir doch in die Augen. Sieh mich, wie ich bin. Sieh die Welt. Ich weiß wenigstens, was ich will. Ich kenne den Weg zur Quelle. Wenn du deine Augen nur einen Moment öffnest, würde ich mich ein wenig sicherer fühlen.

Unter dem Foto steht noch ein Stück Text: »Eine der bedeutendsten Ikonen aller Zeiten, vierzehntes oder fünfzehntes Jahrhundert, Holz noch älter, ca. zweitausend Jahre, Fotografie aus Archiv des Malers Malewitsch, Ikone während Sowjetzeit verschwunden ...« Der Rest des Textes ist abgeschnitten.

Ich schlage meinen Koran auf, kleine Buchstaben, Dünndruck, damit ich ihn überallhin mitnehmen kann. Dort steht: »O Maryam, Allah hat dich erwählt und gereinigt und erkoren aus den Weibern der Völker.« Und: »Sie sprach: ›Mein Herr, wie soll mir ein Sohn werden, wo mich kein Mann je berührt hat?‹ Er sprach: ›So ist Allah. Er schafft, was Ihm gefällt. Wenn Er ein Ding beschließt, so spricht Er zu ihm: ›Sei!‹, und es ist.‹« Sure drei, Verse zweiundvierzig und siebenundvierzig.

Du warst auch sehend blind, Maryam, du hast nicht gesehen, dass du auch ohne Mann Mutter werden konntest.

Ich geh auf die Straße, ich brauch frische Luft. Tschau, Ahmed, Bruder, das Geld liegt auf dem Tisch.

Ich irre durch die Straßen. Es regnet. Brüssel ist Regen. Der Westen ist Regen. Ich habe Abdeslam versprochen, mit ihm zu telefonieren, das heißt, morgen früh wollte er mich anrufen, wir wollen uns in einer seiner Wohnungen in Molenbeek treffen oder in einem Parkhaus, bei ihm weiß man nie, er ändert in einer Tour seine Pläne, und das muss er auch, denn er wird gesucht. Er wird mich küssen und sagen: Salam, Bruder, hast du dich entschieden, was du sein willst, hast du deine Identität als Moslem gefunden, lässt du jetzt endlich das Klobeckenschrubben und machst dich auf den Weg zur Quelle? Vertrau mir, du wirst es nicht bereuen, schau mir in die Augen, Bruder, vertrau mir!

Schau mir in die Augen. Ich wölbe die Hand über das Display, um es vor dem Regen zu schützen. Sie meldet sich wieder. Ich sehe sie. Schau mir in die Augen. Sie verfolgt mich. Mutter. Maryam. Sie ist nicht blind, wie konnte ich das denken? Sie ist überhaupt nicht blind, sie hält die Augen nur fest geschlossen, weil sie etwas nicht sehen will. Was willst du nicht sehen, Mutter? Hast du etwas gesehen, was du nicht sehen wolltest, und den Blick deshalb gesenkt? Was war es? Schau mich an, oder sag's wenigstens. Ich halte den Daumen über »Gespräch annehmen«. Das Vibrieren verstummt. Zehn unbeantwortete Anrufe. Jetzt meldet sich Abdeslam. Er wollte doch morgen erst anrufen. Mahmud, wenn ich dich anrufe, gehst du jederzeit ran! So hat er das gesagt. Wenn ich mich bei dir melde, tue ich das nicht, um eine gottverdammte Pizza zu bestellen, verstehst du, Mahmud? Wenn ich dich anrufe, geht es um etwas Großes, und dein Einsatz wird verlangt, dann geht es um Leben und Tod, verstehst du? Mein Handy vibriert, Abdeslams Name flimmert. Ich spüre seinen schnellen Herzschlag in diesem Zittern. Es geht um Leben und Tod.

Elf unbeantwortete Anrufe.

KAPITEL ZWÖLF

*vom gelobten Land,
kleinen Füßen und einem einfachen
Wunsch*

HAHA, jetzt muss ich mich aber beeilen, denn es sieht danach aus, dass ich bald in der Atmosphäre verglühe und eine letzte Metamorphose erlebe: die in eine Sternschnuppe, die irgendwer auf der Erde voll Hoffnung beobachtet.

Ansonsten fühle ich mich hier im All pudelwohl. Dieses Schweben, ohne Meister und Monstren um mich herum, darf ruhig noch ein Weilchen so dauern.

Während meines irdischen Lebens habe ich mich nie der Illusion hingegeben, jemand könne mich hören, aber jetzt, wo ich so drüber nachdenke, kann ich mir durchaus vorstellen, dass ich auf – wie nennt man das gleich? – *elektronische* Weise immer noch irgendwie unter den Menschen bin. Vielleicht hat jemand einmal ein Foto von mir gemacht, Menschen müssen alles fotografieren, frage mich keiner, warum, und so ist es nicht ausgeschlossen, dass sich in dem gigantischen Wust nutzloser Schnappschüsse auch einer von mir befindet. Man stelle sich vor, eine Ikone, entstanden ohne Pinsel und Farben – wenn Gottszuckerschneckchen das wüsste!

Ja, ich fühle mich wohl, hier in höheren Sphären, und

dennoch verzehrt mich eine letzte Sehnsucht. Das höchste Verlangen des Fluchholzes. Ich habe schon mehrere Weltenden erlebt, zumindest solche, die der Mensch sich einbildete oder seiner Spezies voraussagte, und kein Sterblicher weiß, was diesem rührenden blauen Ball unter mir noch alles bevorsteht, aber eines steht fest: Er darf nicht untergehen, er muss noch ein Weilchen halten, und vielleicht kommt einmal der Tag, an dem der Mensch seine lange Irrfahrt durch das gefahrvolle Bergland der Geschichte endlich hinter sich lässt und einen Ort erreicht, den ich mangels eines besseren Ausdrucks das gelobte Land nennen möchte, einen Ort, wo es keine Kreuzigungen, keine Kriege, keine Brandstiftung und keine Anschläge mehr gibt.

Wenn ich mir etwas abgewöhnt habe hier im Unendlichen, dann ist es Untergangsstimmung, und so wende ich mich mit diesem Testament an einen Cogito Darwin dort unten, dessen hungriger Blick den Himmel absucht, voll Sehnsucht nach Erleuchtung, oder an einen André de l'Écluse, der seine Gottheit nicht als Hindernis auf dem Weg zur Erkenntnis sehen will, oder solche wundervollen Mönche wie Gutgeboren und Gottszuckerschneckchen, die das Porträt eines Mädchens mit geschlossenen Augen ansehen und sich dabei schon vorstellen, wie diese Augen sich öffnen, oder an wen auch immer, der in Kürze am Himmel ein Aufleuchten wahrnehmen und einen Wunsch murmeln wird – so höret denn *meinen* Wunsch, einen Wunsch, der unerfüllbar und genauso absurd ist wie der des Menschen, Maryams Augen mögen sich für ihn öffnen. Bedeutungslos wie ein Seufzer im unendlichen All. Ein nichtiges, unendliches Seufzen. Absurd wie ein Gespräch mit der Kind-Mutter, die auf meinem Körper dargestellt ist.

Das hättest du nicht gedacht, was, Maryam? Dass diese wahnwitzige Weissagung, die du im Traum bekommen hast und auf die du zuerst nicht hören wolltest, dass du nämlich Mutter von Gottes Sohn werden solltest, dass diese Prophezeiung dich bis hierherbringen würde, über die Grenzen des Todes und aller Wahrscheinlichkeit hinweg.

Jede Sekunde des Tages denke ich an dich. Ich spreche zu dir. Sehe dich vor mir. Ich weiß noch genau, wann du mir zum ersten Mal begegnet bist, es war am Ende des Sommers und du in einer Art Veitstanz begriffen. Die Hitze war mörderisch an dem Tag, weißt du noch? Ab und zu streckte ein Insekt den Kopf aus dem Sand, um die Temperatur abzuschätzen. Um mich herum konnte nichts überleben, weißt du noch? Dünengras versuchte es ab und zu. Als Samenflaum kam es geflogen aus dem Meerland im Westen. Nach ein paar Tagen Keimen wurde das junge Gräschen tiefbraun und verstarb.

Ich weiß noch, dass ich mich fortzupflanzen versuchte. Ein kleines, zweites Ich schien mir eine hübsche Idee, aber meine Samen waren nicht kräftig genug. Wie hatte ich es je selber geschafft, hier geboren zu werden? Ich hatte allen Grund, stolz zu sein: Ich war das einzige lebende Wesen auf diesem Tafelberg, wie ein einsames Männlein auf einem verlassenen Planeten. Ich schaute über die Dünen hinweg, und nachts funkelten über mir Millionen Himmelslichter.

Merkwürdiger Gedanke, dass ich den Himmelslichtern jetzt so viel näher bin und dass ich bald selbst eines sein werde, wenn ich verglühe, ganz kurz nur, aber trotzdem.

Zugegeben, aus der Wüste konnte ich nicht entkommen, ich steckte im Sand fest, mit tiefen Wurzeln, die unablässig nach Nahrung suchten. Mein Los war besiegelt, so schien es zumindest, und trotzdem genoss ich dieses Leben. Es war, was es war. Besser, ich lernte, es zu lieben.

Da erschienst du, und du brachtest solch eine Fröhlichkeit mit.

So etwas hatte ich noch niemals gesehen. Das Leben selbst, sein ursprünglicher Keim, aus dem alles einmal entstanden sein musste – das warst du. Jede Faser deines Körpers vibrierte. Aus dieser Urkraft wurden Sonnen geboren.

Du tanztest so merkwürdig herum, weil du barfuß liefst. Beim Besteigen des Bergs hattest du deine Sandalen verloren. Der Sand war eine glühende Herdplatte. Erst der eine, dann der andere Fuß berührte den Boden und sprang sofort wieder hoch, ganz schnell, immer wieder. Du schütteltest dich vor Lachen, wie in einem närrischen Ballett. Vielleicht tanztest du aber auch wirklich, das wäre ebenfalls möglich, das weiß ich nicht mehr so genau, es ist verdammt lange her.

Ich erinnere mich an deine Augen bei jenem ersten Mal, groß, unbefangen. Wie das Tor zur Welt. Tief in dir leuchtete die Flamme, mit der alles begann.

Dein drolliger Tanz auf nackten Zehenspitzen; und dieser Blick.

Die Füßchen, so schön in ihrer kindlichen Zartheit, kamen in meinem Schatten zur Ruhe. Dein entzückender Körper plumpste zu meinen Füßen. Was für eine Wonne! Dieses schwitzende Urleben. Und dieses Lachen, das alles besiegte.

Was war ich glücklich!

Das war, bevor deine Augen brachen, bevor deine Schönheit und Unschuld in Scherben gingen.

Der eine Moment. Bevor alles schiefging. Bevor die plumpe, blinde Geschichte in dein Leben einbrach. Der Augenblick zwischen vollkommener Unschuld und unwiderruflichem Unglück.

Mein Wunsch ist ebenso einfach wie absurd.

Eine letzte Metamorphose möchte ich erleben, eine, von der ich seit langem schon träume: Statt schattenspendender Baum möchte ich ein Mensch sein, der barfuß im heißen Sand tanzt und lacht, auf der Suche nach einem schattenspendenden Baum.

Jekaterinburg, Frühjahr 2008
Rijeka, Frühjahr 2018

Die Originalausgabe erschien 2018 unter dem Titel
Het vloekhout bei De Bezige Bij, Amsterdam.

Die Arbeit des Übersetzers wurde gefördert vom
Deutschen Übersetzerfonds e.V.

Dieses Buch wurde mit Unterstützung der Flanders Literature
herausgegeben (flandersliterature.be).

Penguin Random House Verlagsgruppe FSC® N001967

1. Auflage
Deutsche Erstausgabe September 2021
btb Verlag in der Penguin Random House Verlagsgruppe GmbH,
Neumarkter Straße 28, 81673 München
Copyright © der Originalausgabe 2018 Johan de Boose
Copyright © der deutschsprachigen Ausgabe 2021 btb Verlag
in der Penguin Random House Verlagsgruppe GmbH, München
Umschlaggestaltung: buxdesign | München
Covermotiv: © Plainpicture/Frank Muckenheim
Satz: Uhl + Massopust, Aalen
Druck und Einband: CPI books GmbH, Leck
Printed in Germany
ISBN: 978-3-442-77113-4

www.btb-verlag.de
facebook.com/btbverlag